En marche vers la décrépitude

Cancers et métastases   1 Il faut savoir sourire de tout

En marche vers la décrépitude

Cancers et métastases   2 Il faut savoir sourire de tout

En marche vers la décrépitude

EN MARCHE...
VERS LA DÈCRÈPITUDE

**Partir, c'est mourir un peu.
Mourir, c'est partir beaucoup!
Revenir c'est tricher.**

**Nous ne devons pas descendre trop bas
dans la décrépitude.
Notre statut d'humain nous oblige
à conserver un semblant de dignité!**

Have some dignity please!

Cancers et métastases   3   Il faut savoir sourire de tout

En marche vers la décrépitude

© 2018, Alain Poirier

Edition : Books on Demand,
12/14 rond-Point des Champs-Elysées, 75008 Paris
Impression : BoD - Books on Demand, Norderstedt, Allemagne
ISBN : 9782322166756
Dépôt légal : octobre 2018

Cancers et métastases   4   Il faut savoir sourire de tout

En marche vers la décrépitude

Avertissement

Voici mon journal. S'il avait été écrit par Georges Bernanos, il se serait appelé :
"Journal d'un crevé de campagne".
J'aborde le sujet, entre autres choses, de mon cancer du rein.
Poil aux seins!
De ma possibilité de suivre un traitement efficace ou pas.
Poils aux bras!
Au stade débutant de ce désordre cellulaire, le choix est réel.
Poil aux aisselles!
Avant l'arrivée des métastases, le traitement chirurgical est sûr, il n'est pas accompagné de rayons, de chimiothérapie, ne produit pas d'effets secondaires. Je dois juste me faire retirer le rognon envahi.
Poil au kiki!
La facilité.
Sorte de capitulation en rase campagne devant la simplicité.
Ce cancer me permet une décision sans éléments extérieurs perturbateurs pour l'influencer. J'ai mon avenir entre les mains.
La possibilité de mourir plus tôt, de mourir plus tard, c'est la seule question qui se pose à moi, sachant que je ne maîtrise pas tout. Il y a d'autres candidats possibles pour un trépas plus précoce qui snoberait le cancer.
Je commence l'écriture de ce texte volontairement dans

En marche vers la décrépitude

la déconnade. La vie, la mort, pour moi, ce n'est pas sérieux. Peut-être ne suis-je qu'une illusion. Je rêverais que je me rêve. Une mise en abîme.

Si je suis une réalité, mourir serait m'affranchir de toutes les contraintes terrestres. Des possibilités ici-bas, j'en ai fait le tour, du moins de celles qui m'étaient accessibles.
Tirer ma révérence, une façon de me foutre de la gueule du cancer.
-Tiens mec, voilà les clés de mon futur, démerde-toi, sans moi, je me casse.
J'inverse les rôles, je rebats les cartes, c'est maintenant moi qui menace sa vie. Je peux devenir le cancer de mon cancer. La peur change de camp, ce sera à lui de chier dans son froc.

Je ne parle pas pour les autres cancéreux, chacun voit midi à sa porte. Il ne s'agit que de moi.
Nous vivons l'ultra-libéralisme, pas vrai?
Chacun sa merde!

Je me contenterai d'évoquer mon cas.
Pouvoir envisager de choisir librement, de laisser mon organisme se démerder contre cet intrus parasitant mon rognon. Ce n'est pas la mort sûre... dirait mon chien!

Quelle sera ma décision lorsque le pied du mur se tiendra devant moi?
L'avenir me le dira.
Je déciderai au jour le jour, en fonction du ressenti.
Il y a la théorie.
Il y a mes contradictions internes...
La vie n'est que contradictions. Lorsqu'elles cessent, la vie cesse aussi.
Ici, juste une réflexion!

En marche vers la décrépitude

À Alcide Poirier.
**Mon grand père que je n'ai pas connu.
Je ne sais rien de lui.
10 Septembre 1887
8 Décembre 1926**

.

**Diariste:
Alain René Poirier
10 Septembre 1947**
8 Décembre 2026 ? ou avant?

**Cancer du Rein
2015? - ????**

Cancers et métastases   7   Il faut savoir sourire de tout

En marche vers la décrépitude

Cancers et métastases   8 Il faut savoir sourire de tout

En marche vers la décrépitude

Chapitre 1

Chapitre facultatif.
Sinon passez page 41

Pour se détendre.

Je vais commencer ce récit autobiographique partiel par quelque chose de léger, de gai. De la plume d'édredon planant dans une bataille de polochons. L'affrontement entre la marrade et la poilade. Je brise le suspens, la bidonnade sera déclarée "vainqueur". Elle avait mis du plomb dans son oreiller.

Vingt coeurs, cela reste une énigme pour un cardiologue. Peut-il se faire payer vingt visites à chaque rendez-vous de la bidonnade?

Je vais également, en parallèle, débuter l'histoire de mon crabe. Je l'appelle Gaston. Il est à l'origine de ce petit récit.

En même temps, en même temps, glapiront les carpettes arrogantes en marche vers le ridicule, la déception, le rejet. Pauvres membres opportunistes de cette secte de possédés d'un monde supposé nouveau.

Putain les marcheurs, regardez-vous au moins une fois dans la glace. Vos gueules de survivants de bidets, n'ont rien de nouveau. Je vous observe, vous scrute, ne vois que des tronches

En marche vers la décrépitude

de politicards des années cinquante!

En fait de nouveauté, qu'avons-nous sous les yeux?
De pauvres perroquets vomissant leurs éléments de langage, leurs mantras. Ces phrases creuses, chiées dans leur bouche par un Spin Doctor. Laïus appris par coeur. Restitués après moult jeux de rôle. Un conditionnement pavlovien par des mises en situation. Résultat: cette pauvre propagande régurgitée dans nos becs d'oisillons.
Ils nous croient crédules.
Pauvres jeunes trous du cul de tous âges, embryons de fascistes, fausses couches de la pensée, politicards décérébrés, larbins aux ordres. Je vous méprise profondément. Tous en marche... vers le déshonneur, le ridicule, la compromission. Je n'ajouterai pas à mon anathème le geste symbolique de vous pisser à la raie du cul, je ne voudrais pas souiller le jet pur de mon urine. Vous ne le valez même pas. Sur vous, piètres paillassons de la réflexion, en extase devant votre gourou psychotique, je n'essuierais pas mes pieds sabotés, j'ai trop de considération pour mes galoches crottées. La terre de ma campagne.

Que va contenir ce livre?
Ce petit récit tout à la fois rigolo et vachard, ou le début de l'histoire de l'envahisseur de mes cellules rénales. Celles triant, depuis tant d'années, l'urine cachée dans mon sang?
Les deux mon capitaine, pour le prix d'un seul.

Là, je montre à tous les passants... non, pas mon cul, que nenni, ce n'est pas ma posture, je sais me tenir... juste mon côté cartésien.
Ce marqueur de ma référence à la civilisation judéo-athée que je fais mienne.

Ce début de journal va commencer au moment exact où...

En marche vers la décrépitude

Faut-il préciser?
Les lignes suivantes l'exposeront bien mieux que moi.
Avant, un petit préambule. Non ici pas de rime!
De quoi s'agit-il?

      De quelques conneries écrites en portant sur la tête un chapeau pointu très turlututu. J'ajoute un nez rouge crachant des jets d'eau. J'ai le visage outrancièrement grimé, ainsi je m'insère sans dénoter, dans le groupe de ceux se prenant au sérieux. Costumés, cravatés, les boutonnières Légion d'honneurées, résonnants plus que de raison, tels des tambours, ces mecs se la jouent respectables. Ils se croient en position de donner des leçons de démocratie à la population. Peuple refusant de plus en plus souvent de subir leur dictature. Pour marquer le mépris porté à ceux considérés comme leurs sujets, ces suffisants, ont un mot à la bouche, il revient sans arrêt. Le prononçant du bout des dents, il semble leur souiller la guoule, donnant un goût de merde aux oeufs de béluga restés coincés dans une de leurs dents creuses. Ils se sont accaparés de "populistes" mot mis à toutes les sauces, craché avec le dédain porté au peuple considéré ignorant. La caste journaleuse s'en est emparée, le vomit à satiété. Des comités aux ordres, sur nos écrans et nos radios, composés de ces journaleux et de pseudo-économistes, ces prostitués de la désinformation, se félicitent de n'en point faire partie, font honte à qui ne partage pas leur vision. Les intérêts du peuple, mais quelle horreur cher ami! Quelle vulgarité! L'intérêt supérieur cher collègue, c'est de toute évidence celui des banquiers nous nourrissant.

      Dirigeants et perroquets cathodiques s'autodésignent étalons de la morale, du penser juste, de la vision incontestable. S'ils ne chiaient pas si mou, mis sous cloche, nous les déposerions à Sèvres, au pavillon de Breteuil.

En marche vers la décrépitude

Populiste, cher ami, est un mot super caca-boudin!... disent-ils en ouvrant largement les cuisses de leur cerveau pour se faire fourailler par le capital!

En marchant, je crie "vive les clowns". Je m'époumonne. je souffle dans ma langue de belle-mère. Elle se déroule et trompette en même temps.

Pouêt pouêt tagada tsouin tsouin.

La respectabilité enfoncée là où les autruches se mettent les plumes, des "Pins" rouges au revers du veston de pingouin dessiné sur mon T-shirt, les joues carminées pour faire fin de banquet, j'avance, je fends la foule, j'attrape les mains de tous ceux qui en sont dotés. Je tapote les joues des manchots. Je lèche la trogne des graines de bois de lit tendus à bout de bras par leurs génitrices, pour que je bénisse les marmots. La sainte onction, baptême de la connerie.

Ainsi accoutré, de loin, tu pourrais me croire politicien ridicule du monde nouveau.

De près, mon langage détrompe.

Je profère à la minute bien moins de conneries. Pourtant, Dieu me tripote, (un hommage à Desproges), (tripoter, une habitude courante chez les divins zélateurs ensoutanés... amen)... je peux l'affirmer, j'en profère beaucoup. Je ne fais quasiment que cela !

Pouêt pouêt. Tagadagada tsouin tsouin, zim boum boum!

Allez, en vérité je vous le dis, mes biens chers frères, rigolons, poilons-nous, tapons-nous sur les cuisses, dilatons-nous la rate! Confettis, fluide glacial, boules puantes, coussins péteurs, blagues carambar, la chenille, la danse des canards, faites tourner les serviettes, allez, pas de timidité, tout le monde enfonce son doigt dans le trou du cul de son voisin.

Oh là, un seul doigt, pas de gourmandise, contentons-nous du

En marche vers la décrépitude

majeur, ce n'est qu'un jeu festif.

À poil, tous à poils, même les glabres! C'est la liesse, la fiesta, la nouba... la parade de notre cirque d'humains... tagada tsouin-tsouin!

En réalité, je suis seul pour faire la chenille... Je déteste la promiscuité. Ne la tolère que redevenue sobre. Au moment de l'orgasme, une promise consentante et enthousiaste, bourrée, te gerbant dessus, ça te calme l'érotisme...

>Le pluriel ne vaut rien à l'homme
>et sitôt qu'on est plus de quatre
>on est une bande de cons.
>Bande à part, sacrebleu!
>C'est ma règle et j'y tiens,

chantait le grand Georges.

Regarde, je me tiens par les épaules. Je marche au pas, en levant les genoux. Une vraie majorette. Je suis à la queue leu-leu devant mes ombres.
Tzim boum boum tsouin tsouin.

Avec plusieurs spots soigneusement disposés, je crée autant d'ombres que je le souhaite. Je me multiplie, me dédouble, me clone... par un prompt renfort d'ombres, me voilà une armée de clowns, putain, je fais fort.
De loin, si tu es un peu distrait, ça en jette!
Tu me crois nombreux, une foule, une ribambelle, une vraie bande de... Cha cha cha les thons avec un T comme crocodile.
On est, on est, on est champions, on est, on est, on est champions... hurlent, en se dandinant du croupion, les grégaires décérébrés à têtes tricolorées..
 Robert Dhéry pourrait leur lancer: vos gueules les pas muets!

J'ai dit rigolons! Je n'ai pas dit soyons cons!

Supporteurs, la belle affaire, l'esprit de mouton, le

En marche vers la décrépitude

bêlement à l'unisson, la réflexion aux abonnés absents.
Putain de bordel, ne poussez pas trop loin le bouchon!

Dans ce chapitre, un impératif, il me faut déclencher chez le lecteur piégé, quelques petits sourires, quelques indignations, avant de m'attaquer au lourd, dans le chapitre suivant.

Pour certains, la mort, comme sujet, c'est du lourd, surtout si le candidat, ce plat de résistance à la grande bouffe des asticots, approche comme moi, les cent kilos.

Peut-on sourire de tout, sans passer pour un sans coeur, un cynique, un vaurien, un putain de mauvais Français, me demanderas-tu avec sérieux?... (Tu vois encore qui j'honore)
Poils aux yeux, au noeud, aux deux!
Avec sérieux?
Non. Définitivement non.
Il est préférable (râble de lapin, lapin de garenne, renne de père Noël, aile-de-pigeon, jonc de panier, nier comme un marcheur de la république) de l'exclure.

Éviter la présence du sérieux, de sa bande de culs serrés, pour sourire, c'est mieux.
Comme pour rire.
Sourire de tout, bien sûr mais, pas avec n'importe qui. Soucis-toi comme d'une guigne de ceux en profitant pour te compter les dents. Trente-deux au complet, autant que de cartes dans ces jeux populaires, la belotte, la coinchée, la bataille. Dents, chez les miséreux, tombant avec l'âge comme feuilles d'automne. Les carences, les privations, en sont la cause. Pendant ce temps, les responsables, laissés indifférents, se gobergent à pleines dents. Faisant face, il y a le sourire condescendant de ces joueurs de plus haute extraction, ceux se croyant distingués. Ils ne conçoivent le jeu que de cinquante-

En marche vers la décrépitude

deux cartes.
    Le bridge cher ami, seule possibilité sans nous compromettre. S'il vous plaît, épargnez-nous la bataille, la belotte, ne soyez pas vulgaire. De dents, ces supérieurs dans leurs têtes, doivent se limiter à trente-deux, artificielles comprises. Chez eux, la différence, le petit plus, elles sont bien ordonnées, alignées, égalisées, étincelantes, plus blanches que la faïence d'une cuvette de chiottes avant le passage de la diarrhée... Lorsqu'ils ouvrent la bouche, tu les crois dotés d'un éclairage intérieur...
Jusqu'où s'arrêteront-ils? Ils se croient les articles vedettes du catalogue, nous font sentir qu'ils sont la nouvelle collection, nous les soldes. Petit à petit, ils imposent leurs critères esthétiques pour définir la normalité. À force de les voir, ça devient la référence, le point de comparaison. Ils élargissent ainsi le fossé les séparant de la population travailleuse.
    Sourire pour ne pas pleurer de désespoir devant tant de connerie...
    Pleure, tu pisseras moins au lit, disait mon grand-père, Pierre René. (il aurait dû s'appeler René Combeau, si le hobereau qui avait troussé sa soubrette de grand-mère, avait reconnu son père). **C'est toujours ça de pris!**
On est, on est, on est champions, on est, on est, on est champions...
Vos gueules! N'avez-vous aucune notion du ridicule?
Exhiber sa connerie, en faire l'alpha et l'oméga, va-t-il devenir un sport olympique.
Putain, je vois déjà la cohorte des futurs médaillés.
    Ces footeux, de leur jeu de ballon à taper du pied, ils sont champions du monde. champions des pousseurs de baballes dans le filet.

En marche vers la décrépitude

Leurs spectateurs ont-ils une âme d'enfant?
Plutôt de klebs!

Allez, apporte, apporte la baballe, brave chien chien! T'es content, t'as gagné, tu remues ta petite queue, tu lèches la main de tes maîtres, pourtant regarde, ils sont en train de te couper les couilles. Ces spectateurs, vautrés, gavés de bière, de pizzas industrielles, n'ont plus aucune dignité. Ils y ont définitivement renoncé... ils ont l'impression, à travers ces footeux, de s'évader de leur classe sociale. De vrais renégats!
Une illusion.

Dans la connerie, ils s'y enfoncent d'un degré de plus à chaque match, jusqu'à la finale, jusqu'à l'apothéose. Ils se sont rêvés comme partie du vainqueur, jusqu'à, petit à petit, se voir lui en totalité. Leurs idoles, des tigres en papier, comme les fantoches Américains des années soixante-dix, aux yeux des maoïstes, pour ne pas les traiter de tortues, ou pire, d'oeufs de tortues, insulte suprême. Les marionnettistes leur ont vendu pour une fortune un maillot de footeux, ils le portent, le nom du pousseur de ballons écrit gros dans le dos, ils se l'approprient.

Retournez-vous les gars, putain, vous avez plus l'air de cons que de moulins à vent. Vos bide embierrés jouent les avants!

Supporteurs, ils se prennent pour des champions du monde. Nos élites leur laissent croire, ils les fêtent, glorifient leur connerie, les caressent dans le sens du poil, les rendent inoffensifs. Bons toutous, après vos couilles, ce sont les crocs que vous avez perdus.

Des artistes miauleurs ou cinémateux, voire les deux, auxquels le populo balonneux arrive à s'identifier aussi, en idiots utiles du système qui les privilégie, pour continuer d'en croquer encore et encore, se rendent complices de l'escroquerie. Généreuse notre présidence, en contrepartie de "tu fermes ta

En marche vers la décrépitude

gueule et acceptes les injustices", ce pouvoir usurpateur leur octroie ce quart d'heure de célébrité. Il leur laisse étaler sur les écrans télévisuels, leur bêtise crasse, leur beauferie dégoulinante de bière. Il l'exacerbe, l'encourage, prouvant au monde entier que ces loquedus méritent leur sort de cocus de la démocratie. Il fait montre de tolérance, de courage, de laisser s'exprimer tant de vulgarité. Les bandes de décérébrés, avancent dans la débilité, s'y enfoncent davantage. C'est à qui ira le plus loin, tous flattés de voir leurs gueules de déficitaires en iode, déformées par la courte focale, sur tous les téléviseurs. Ils ont ces gestes stéréotypés des dégénérés n'existant qu'en meutes. Ces gens-là, monsieur, ne pensent pas, ne gueulent que des slogans stupides, ça leur évite de réfléchir, de défendre leurs intérêts de classe.

J'ai précisé, sourire, mais pas avec n'importe qui!
J'évite ces gus dont l'intelligence s'exprime par les pieds ou le caleçon. Intellectuellement des culs-de-jatte anoures.

Après quelques galéjades, une bonne citronnade, cacahuètes, pistaches, saucisson, je poursuivrai le récit par la partie considérée plus lourde. Du sérieux, du pesant. Il risque de plomber l'atmosphère primesautière m'enveloppant souvent. Ce lourd contracte, donne des têtes de constipés, de congestionnés. Des visages trop rouges à force de pousser.
Ma mort, pas du si lourd que ça. Seul mon cadavre le sera. Désolé, messieurs les porteurs. Heureux les asticots. Jusqu'à l'été prochain, pour vous, il y aura de la bidoche à bouffer. Les gars de chez Borniol, pour me transporter, commencez par vous muscler les biceps, sachez anticiper.

Pour paraphraser le camarade Maurice Thorez, Il faut savoir finir... une vie... sur la grève... ou ailleurs.

Les plus politisés iront jusqu'à affirmer, s'ils sont

En marche vers la décrépitude

pratiquants de la dialectique de Zénon d'Élée, popularisée par Platon:
"Faut pas pousser mémé dans les orties, elle ne sait pas nager".
Je pose la question aux constipés congestionnés.
Peut-on sourire en étant rubicon?
Être rubicon éloigne du primesautier, la chose est démontrée.
Dans primesautier, il y a prime, il y a aussi Sautier.
(Private joke:
Ici c'est de l'humour personnel, il n'est compréhensible que par quelques initiés de ma trajectoire professionnelle chez Hoescht Behring, Behring, Dade Behring et Siemens. Peu de personnes possèdent la clé, seules, celles connaissant Denis... Je n'en dirai pas plus.)
Cette possibilité de prime, c'était l'époque précédant ma retraite... Depuis... plus de bonus. Pire, l'état me pique, me rabote, me rabiote, me taxe, diminue mes revenus...

     Ces élus par magouilles, ces larbins des banques, nous les vieux, nous les avons enfantés, nourris, instruits, enrichis. Dès leur naissance, dans leurs bouches édentées de futurs connards, nous avons déposé ces jolies cuillères d'argent. Ces jeunes cons d'ingrats, au lait coulant encore de leur nez, si tu presses dessus, veulent se débarrasser de nous, leurs vieux. Trop coûteux les retraités. Devenus inutiles à leurs yeux, nous osons croquer un bout du gâteau que nous avons gagné à la sueur de nos fronts, épargné au prix de sacrifices. Les maîtres qui les manipulent, veulent tout nous faire reprendre, tout jusqu'à la dernière miette.
Changeant de sujet, où se passe ma retraite, me demandes-tu?
En haute Saintonge.
Me voyant sans chapeau pointu, juste un Borderland de cuir noir made in Australia, tu sembles surpris.

En marche vers la décrépitude

Ma retraite, pourquoi l'imaginais-tu en Russie?
Parce que Vélosolex...
Pas de retraite sans casser d'oeufs. D'oeufs à la neige... Si, si, neige de Sibérie.

J'adore le mot primesautier. Je le trouve printanier, rigolo, plein de bonne humeur, savoureux, rafraîchissant, pétillant en bouche. Je ne connais pas le nombre de points possibles au Scrabble.

Primesautier, primesautier. Ce mot, en le prenant, je le fais tourner sur ma langue. Elle ne peut être de bois, trop d'humidité au palais, elle écombugherait. Le roi n'est pas mon cousin. Les coussins du palais sont épais, ils périront par le glaive. Ivo Livi, dit Montant Yves, ivre de ses propres conneries, ce clown se prenant pour un maître à réfléchir de travers, girouette de la pensée, compagnon de route, tour à tour des communistes Staliniens puis des capitalistes de la clique Bilderberg, qui durant la dernière guerre, résistant à résister à nos hôtes teutons, préférant la chansonnette à la gâchette au temps de l'occupation, chantait du André Hornez...
Moi j'm'en fous, je m'en contrefous.

Primesautier me parfume les papilles... Jouissance en vue. Fermant les yeux pour mieux profiter du plaisir, je vois passer, par associations d'idées:
des kangourous masqués qui bondissent sous les bosquets charentais,
des okapis en pyjamas traverser les plaines du bordelais,
des pibales à monocles profitant de la marée pour remonter la Gironde,
suivis de tous les personnages interlopes des romans que j'ai eu l'impudence de publier. Tous sans exception! Les plus pervers compris. Les mères vertes aussi. Les couples se forment, se

En marche vers la décrépitude

séparent, se reforment. C'est la vie.
It was a teenage wedding, and the old folks wished them well
You could see that Pierre did truly love the mademoiselle
And now the young monsieur and madame have rung the chapel bell
"C'est la vie," say the old folks, "it goes to show you never can tell"
me chante Chuck Berry.
Les titres des romans se mélangent. Pour éviter des drames, liés aux susceptibilités, je repeins tout en noir, les portes rouges, les scarabées, les coquelicots. Les Rolling Stones entament: "Paint it Black".
Un homme averti en vaut deux... ce qui double ses frais... Pour faire du vélo, il doit prendre un tandem. Pas de régime sans sel. Le vert du pervers lui donne mauvais teint. Les noyés pourrissants, verdissent au fil de l'eau. Sous le pont Caran d'Ache, coule je ne sais quel fleuve. Je crois que c'est la Seine, la Loire, ou peut-être la Garonne. Les noyés n'ont jamais bonne mine, flottant au fil du courant qui roule sa pelote. Ils sont taillés trop pointus, ça fragilise leurs mines.

Je mouche les chandelles vertes. J'inverse la rotation des gidouilles. Je me fous du trône de Pologne, c'est le problème du Capitaine Bordure. Je crie "à bas la Lituanie" sans savoir pourquoi. Je suis devenu Bordure... Sans ma politesse légendaire, je me serais laissé aller à gueuler en choeur avec le père Ubu, merdre, merdre et merdre.

Je suis en plein délire. Le ciel se couvre de cumulus, les nimbus les chassent. L'orage n'est jamais loin. Debout sur un tas de foin, un des barguenas, j'en ai la chair de poule. Voyant ça, un coq me croit de sa basse-cour, il lorgne avec insistance mon arrière-train. Ce dernier de crainte, n'ose siffler, pas

En marche vers la décrépitude

même une seule fois. Maître jhàu veut me cocher, assurer sa descendance. Ai-je une tête d'oeuf?

Le premier m'appelant ma poule, je lui colle un bourre pif. Cocorico, du coq, je vois ses ergots, ils sont énormes, rouges, ensanglantés. J'ai peur des éperons, crains pour mon fion. Avec du beurre dessus, ne serait-ils pas moins douloureux? Passeraient-ils mieux? Les sentirais-je plus petits?...
Les petits éperons rouges.
La motte de beurre.
Où est ma galette, demandais-je à mère grand?
Ce jhàu (un coq en Saintongeais) punk à la crête arrogante, ne tirera pas ma bobinette, je tiens trop à ce que ma chevillette ne choit point...
Tagada, tagada voilà les Dalton...

Arrive ma planche de salut. Je saute dans ce fiacre. Il allait trottinant, cahin-caha, hue, dia, hop là. Mon cloaque sauve sa virginité. Ne m'appelez plus jamais Marie.
Je me retourne, fais le fier à bras, montre mon doigt, celui du milieu, à ce gallinacé, je hurle:
c'est toi qui l'as dans le cul!
Il me répond l'effronté.
Chante de plus en plus fort. Me déchire les tympans. Une chanson salace apprise au régiment:
    la bite à papa que l'on croyait perdue,
    c'est maman qui l'avait dans le cul.
C'est du passé. Dieu est intervenu, d'insanités, les coqs n'en chantent plus. Ils se contentent de crier Cocorico... La traduction en gallinacé littéraire de leur chant irrespectueux. Ils n'en pensent pas moins.

De retour de la messe dominicale, à jeun, l'hostie de communion encore collée sur les dents, passant devant une

En marche vers la décrépitude

bassecour, les papas depuis ce temps, principe de précaution, bouchent les oreilles des mamans. Sauf les plus désordonnés.
Je vous salue Marie.
Amen!
   Le fond de l'air n'est plus très frais. Une odeur curieuse titille mes nasaux. Cela sent la péremption courte, la date limite. Un mélange de fin prochaine, de terme dépassé.
Le matin, occupé à ma toilette, le miroir indiscret exhibe la nudité de mon postérieur? Sur ma fesse droite, je lis une date...putain, c'est une limite de consommation.
Je pose une question!
J'exige la réponse!
Qui m'a tatoué sur le cul, cette date en caractères gras?
Les mots tombent dans l'oreille d'un corbeau. Il n'était pas sourd. Cessant de voler au-dessus du nid des coucous, ces volatiles sans scrupules, il les combattait pour sauver sa nichée. L'oiseau noir se précipitant sur moi, ouvrit son large bec, lâcha ce fromage lui pourrissant l'haleine. Tout fier, il me fit entendre son ramage:
"Corne de cul dit la marquise, je suis enceinte et ne sais pas de qui".
Les corbeaux de toute évidence ne sont pas sourds, mais celui-ci me paraît assez con. Il n'a appris qu'une phrase par coeur et la ressort à tout bout de champ, de chant.
   Le Saint-Esprit, chacun le sait, se trouve partout à la fois. Il se prend pour un électron. De savoir cette marquise grosse d'un inconnu, il se sentit accusé, montré du bec. Il ne fit qu'un seul geste, referma sa braguette. Accrochée au bout de son membre divin, une goutte de semence où grouillaient les graines de futurs fils de Dieu. La goute chut à terre perdue pour la sodomie, Jésus n'aura pas de frère, par respect pour la

Cancers et métastases 22 Il faut savoir sourire de tout

En marche vers la décrépitude

vierge, il s'excusa, puis il récita un "je vous salue Marie". L'esprit dit Saint mentit effrontément. En religion ce n'est pas un péché. Une base des fondations nécessaires à la création de l'escroquerie religieuse. Il tenta de se disculper.
Ce n'est pas moi, regardez ailleurs!
"C'est pas moi, c'est ma soeur qui a cassé la machine à vapeur"...

La marquise, je n'y suis pour rien. Je ne l'ai point pénétrée. De mon Saint-Esprit, sa rondelle est restée vierge, immaculée. Marie oui, elle, la femme de Joseph, je l'ai prise, je le confesse. Pas son con, juste ses fesses. Je les ai pénétrées par derrière, dans un souffle de désir. Je voulais la voir préserver son légendaire sceau de virginité. Ma divine semence lui est ressortie de son saint fion. Elle a coulé, dégouliné, jusqu'au bord de ses lèvres. Elle les avait grandes en cet endroit de son anatomie. Une graine intrépide a pénétré dans ses ténèbres. Quelques mois plus tard, dans une étable misérable, elle enfanta Jésus. Les suites de ma sainte sodomie. Pauvre Joseph, mari trompé, cocu, sa femme vierge éternellement, il est toujours supposé puceau... Il n'a pas le beau rôle. Un charpentier, un homme travaillant le bois, pas celui dont on fait les flutes... étonne-toi si le bâtard a fini en croix. Croix de bois, croix de fer... Non il n'était pas forgeron.

Elle est bonne la Marie, chante l'esprit divin. Il poursuit guilleret sur un air décevant... "Sodomie en levrette, spermatozoïdes intrépides, grossesse divine, yop là boum, ça rentre, ça sort"!. Il inventa le Rap.
Se reprenant, tout confus, la représentation divine se justifia pour la marquise.

La preuve de mon innocence concernant la grossesse non attribuée de cette noble femme: avez-vous élevé des Basiliques à sa gloire? son rejeton a-t-il brillé en ski nautique?

En marche vers la décrépitude

ses qualités de maître de chai furent-elles reconnues? Son art de la boulangerie fut-il admiré?
Ai-je pour habitude de laisser partout des fils de... marqués par l'ordinaire, ne vivant qu'une fois, ne finissant pas dans un signe de croix?
La réponse s'impose. C'est non!
Amour de Dieu et sodomie, scission d'une religion! (Voir le Talmud).
Assis comme un Bouddha, je lisais la première lettre de, saint Paul Apôtre, aux Corinthiens.
Ô mort, où est ta victoire?
Ô mort où est ton aiguillon?
Au mot aiguillon, le Saint Esprit, une fois de plus, cru que Marie l'avait dénoncé...
Les remords le tenaillaient-ils?
Un bruit de fourchettes, dans mon dos, perturba ma méditation. Des tas de bestioles attablées passaient commandes. Sur la carte de ce restaurant, au nom alléchant:"Aux Joyeux Nécrophages", mon nom figurait déjà! Suivit d'un astérisque, qui renvoyait à :"suivant arrivage".
Les asticots grouillaient, faisaient la queue pour réserver leur morceau. Les mouches en venaient aux pattes, pour installer au mieux leur progéniture.
On est, on est, on est champions, on est, on est, on est champions...
Vos gueules!
Mais putain allez-vous la fermer!
Sourire oui! Mais pas avec n'importe qui, je l'ai dit. Alors cassez-vous, vous puez la connerie.
Je déteste les blaireaux en bandes, en marche, et pas que.
Partir définitivement, pour ne plus les entendre, c'est

En marche vers la décrépitude

réconfortant!
Ne pas avoir de regrets!
Comme les diamants, les regrets sont éternels.
Les regrets, de ton vivant, ils te pourrissent la vie, si de plus ils doivent perturber l'éternité de ta mort... L'éternité c'est super long, surtout à la fin, disait un homme États-Unien qui ne restait pas de bois. Sacré Woody. Valery Larbaud en 1927, d'un titre, a révélé son patronyme.

    Soyons sérieux!
    Pour quitter ce monde en beauté, dans l'hypothèse où le Gaston viendrait à gagner, essayons pour une fois, de chercher à faire joli.
    Du panache que diable, renchérissait le vert-galant. L'écureuil s'est mépris, de voir son panache blanc dressé, il crut apercevoir la queue d'un cousin priapique, il s'imagina qu'il avait vieilli?
    Plouf, plouf.
    En liminaire, commençons ce texte par quelque chose qui fasse littéraire, qui pose son auteur, qui le propulse dans la cour des grands, de ceux que tu regardes avec respect. Un texte une fois lu, décourageant à jamais d'écrire. Ne dis pas "si seulement" en me regardant!
Une phrase qui, déclamée dans les salons des bons arrondissements parisiens, prouve ta culture et ton érudition.
Une phrase montrant ta délectation du monotone, ton adoration du roman chiant, de ceux dont le commun des mortels n'en pourra terminer la lecture, sans se faire des ampoules aux yeux.
    Se gargariser de la première phrase de l'ouvrage, la réciter à tous vents, ne prouve pas que le déclamant n'ait poursuivi la lecture jusqu'à cette phrase ultime:

En marche vers la décrépitude

"Du moins, si elle m'était laissée assez longtemps pour accomplir mon oeuvre, ne manquerais-je pas d'abord d'y décrire les hommes (cela dût-il les faire ressembler à des êtres monstrueux) comme occupant une place si considérable, à côté de celle si restreinte qui leur est réservée dans l'espace, une place au contraire prolongée sans mesure puisqu'ils touchent simultanément comme des géants plongés dans les années, à des époques si distantes, entre lesquelles tant de jours sont venus se placer dans le Temps."

Non, je déconne.

Ne me crois pas devenu prétentieux. Je n'ai pas chopé le melon, même si nous sommes en pleine saison. Pour preuve de ma modestie, je l'ai déjà écrit, si mes bouquins font chier le lecteur imprudent, celui aventuré dedans, j'ai la présence d'esprit, avec mes pages numérotés dans l'ordre, de fournir le papier pour qu'il se torche le cul... chronologiquement. La forme numérique est plus délicate, lui reste les virgules digitales, la ponctuation, pour décorer les murs.

Là, il ne s'agit que de moi. Juste un écriveur. Une jachère inculte, comme me qualifia, il y a longtemps, un prof de français peu effrayé par la redondance pléonastique.

Je fais ce que je peux, je gribouille, j'aligne des mots avec le même plaisir que le jeune enfant enfile des nouilles de toutes couleurs, prises au hasard, créant un collier à offrir pour la fête des mères.

Putain, tu ne vas pas croire toutes les conneries que j'écris.

Un peu autiste, un peu dyslexique, j'ai l'audition hasardeuse. Sans culture profonde, je me débrouille avec ce que j'ai. Je fais au mieux. Certains diront, au pire.

Si je me poussais trop fort du coude, je me crouterais, me rétamerais la gueule, comme un vulgaire.

Cancers et métastases   26   Il faut savoir sourire de tout

En marche vers la décrépitude

À mon âge je risquerais une fracture du col du fémur.

Pour faire illusion, je vais commencer ce texte en ouverture par de la valeur sûre. Une phrase loin des coussins péteurs, des pouët pouët, des zim boum boum, des tagada tsouin-tsouin.

Je vais débuter par de la parodie de Proust! Pas par de la galéjade faisant prout prout. Au moins dans ce bouquin ma première phrase aura de la gueule. Elle sera calquée sur la plus célèbre! Celle qui débute la série de romans du mec fatigué recherchant son temps, ne se souvenant plus où il l'avait foutu. Un pas soigneux croyant l'avoir perdu. Voilà ce que c'est, de vouloir dormir avec sur la tête son bonnet de nuit.

Longtemps, je me suis levé de bonne heure...

J'allais écrire:
Longtemps je me suis lavé de bonne heure.
Pour déconner.

Le jeu de mots, cette crasse de l'esprit. Putain, c'est dur de rester sérieux lorsque la dame à la faucheuse te chatouille la couenne de la pointe de son dall. (une faux en Saintongeais).

Si tu as pu tenir jusque-là, si tes yeux poursuivent la lecture de ces lignes, si le bouquin ne t'est pas tombé des mains: Bravo. Hip hip hip hourra!
À cet endroit du livre, j'ai atteint mon summum. Tu auras beau lire la suite, tu ne trouveras pas mieux.
Cartes?
Servi!
Parole?
Comme te l'indique le titre, maintenant c'est en marche vers la décrépitude.

En marche vers la décrépitude

En marche forcée!

Longtemps, je me suis levé de bonne heure.

Ça en jette non?
Profites-en, c'est le seul endroit du bouquin contenant un peu du truc qu'ils appellent littérature. Normal, la phrase n'est pas de moi, à un mot près! Celui devant qui, tous les spécialistes s'inclinent, avait écrit:

Longtemps, je me suis couché de bonne heure.

Si tu te couches de bonne heure, il y a des chances que tu te lèves de bonne heure aussi, la symétrie, sinon ta réputation de grosse feignasse te pend au nez.
Longtemps, je me suis levé de bonne heure.
Insomnies, envie de faire pipi, l'âge venant, les prétextes ne manquent pas. Certains farceurs, à cette phrase, ajouteront une chute et un prétexte.
Pour être heureux, longtemps je me suis levé de bonne heure, et me suis recouché aussitôt...
Ce matin-là, surprise, la chambre est encore plongée dans l'obscurité totale. Six heures sonnent au clocher de l'église. Je me réveille d'un oeil. Le second ne tarde pas a le rejoindre. Je veux sortir du lit. Pour m'en extraire, je roule sur le matelas. Le radio-réveil copie le clocher, pour m'enjoindre de me lever.
Il joue
"Woolly Bully"
de Sam The Sham and the Pharaohs.
Je tombe à quatre pattes sur la descente de lit, pose mes pouces en appui et me redresse. Les Rolling Stones enchaînent par

En marche vers la décrépitude

"Under My Thumb".
La sortie en roulé-boulé était une obligation, douleurs, caprices de ma colonne vertébrale, abdominaux aux abonnés absents, disques vertébraux usés...
      Je n'allume pas la lampe pour garder ma dignité... À quatre pattes il n'y a pas de quoi parader. À peine les pieds sur la soie iranienne du tapis d'Ispahan, je me dirige à tâtons vers le valet qui porte mes effets. Les Buggles accompagnent ma marche par
"Walk Like an Egyptian".
J'obéis, me mets à marcher de côté.
Ma main explore dans le noir, je trouve ce que je cherche.
Je m'en saisis.
Oui, c'est le pied! Même les deux, surtout pas en même temps.
À deux mains je l'enfile.
Il caresse mes cuisses.
Dans la nuit profonde, j'ai réussi à enfiler Raoul.
Raoul, le nom familier que j'ai donné à mon bermuda...
Putain, ces dernières phrases...
Il suffirait de peu de choses, un esprit mal tourné, pour m'attribuer des goûts qui ne sont pas les miens.
Je n'ai pas choisi, hasard de la naissance, génétique, inné. Je ne sais. Qui décide de ces choses-là?
Le chanteur Moustique chante dans ma tête
"My Way"
d'Eddie Cochran
"Je suis comme ça et personne ne me changera, yeah".
J'oubliais de dire, mon valet est en bois, je le nomme Albert, il a un port princier.
Je poursuis mon habillage.
J'enfonce avec délice mes orteils, de forme grecque, au plus

En marche vers la décrépitude

profond de mes charentaises.
Le fist fucking de la pantoufle.
Il faut valoriser les spécialités du pays!
Je pensais à mes charentaises, un poing c'est tout. Qu'alliez-vous imaginer?
Ainsi attifé, bermuda, T-shirt de la nuit, pantoufles enfilées, je me précipite vers la fenêtre.
Stupeur, mes yeux ne voient toujours rien, mes rétines restent muettes! Pas un photon à me mettre sous les cônes, les bâtonnets.
À la radio un jeu, il faut reconnaître un morceau, un blind test... Ils ont le sens de l'opportunité.
J'ai la réponse,
"Can't Find My Way Home" par Blind Faith.
Moi, toujours dans le noir!
Le salaud de dérobeur.
Profitant de mon endormissement, pas découragé par mes ronflements, un voleur de sens est venu m'en voler un!
Celui qui se voit le plus.
La vue!
Pour l'offrir à qui?
À Stevie Wonder?
À Ray Charles?
À Ronnie Lee Milsap?
À Jeff Healey?
À Blind Lemon Jefferson?
À Clarence Carter?
À Louis T Hardin, Moondog?
Ne me réponds surtout pas pour Gilbert Montagné, ou là, je vomis, saute illico par la fenêtre!
Honnêtement cela n'a pas de sens.

En marche vers la décrépitude

Suis-je devenu aveugle dans les mystères de la nuit? Un non-voyant, pour ceux parlant le politiquement correct.
Malheureusement pour les aveugles le changement de vocable ne leur redonne pas la vue!
Aveugle était-il devenu si péjoratif, humiliant, insultant pour choisir cet autre terme, plus long, qui tente de signifier ce qu'un mot précis décrivait à tous?
Autre hypothèse, les sémantistes ne sont, pour certains, que des pédants prétentieux. Lorsqu'un être, une chose, un objet, sont identifiés par un symbole, leur nom... changer ce mot ne modifie pas ce qu'il désigne. Si tu rebaptises un con "Côtelette", le con restera toujours aussi con, même nommé côtelette! Il sera certainement rejoint dans sa bande de côtelettes par le changeur du vocable, si celui-ci n'a pas changé en même temps la nature de celui que le mot désignait.
Jargon, jargon, quand tu nous tiens!
Devenu aveugle en une nuit. Mes doigts n'ont pas suivi. Ils ne lisent pas le braille. Me voilà aussi non voyant des doigts.
Comment dit-on en politiquement correct?
Non touchant?
Illétrisme digital?
La seule certitude, aveugle, je suis dans une merde noire!
En perdant un sens, les autres sont amplifiés. C'est le discours de ceux faisant croire au nouvel handicapé, du bénéfice pour lui, de sa chance, qu'eux n'ont pas... Là, tu peux en être certain, ils vont lui sortir le coup de l'accordeur de piano.
Pourtant je ne sens rien.
Dans la merde, je devrais bien la renifler?
Je vérifie, le voleur ne m'a pas pris le nez. Sans la vue, il a moins d'utilité. Je n'aurais plus de lunettes à poser dessus. Plus de lunettes, est-ce plus pratique pour la toilette? Pour se

En marche vers la décrépitude

débarbouiller certainement, mais pour s'asseoir faire ses besoins, le contact direct de la faïence refroidit le cul.
C'est plus commode! J'aurais pu dire pratique et non commode. Le problème, tu ne ranges pas tes serviettes dans une pratique.
Pourquoi Dieu m'a-t-il puni?
Que lui ai-je fait? Putain de bon Dieu de bordel de merde, moi qui ne crois pas en lui?.
J'ouvre la fenêtre, "Black is Black, il n'y a plus d'espoir". De désespoir, je vais me jeter dans le vide. Le saut de l'ange préalablement plumé pour ne pas être tenté de voler. Ne pouvant plus voir les beautés qui m'entourent, les parcmètres, les urinoirs de Marcel Duchamp. (en 1917 il préféra aller pisser que de jouer à la guéguerre), ne plus pouvoir admirer les boîtes de merde de Piero Manzoni... 60 grammes d'art. Qu'a-t-il fait de son PQ?
Quel serait mon intérêt de continuer à vivre privé de tant de beauté.
Je m'avance, veut enjamber la fenêtre...
Ce n'est pas Dieu possible!
Je me cogne dans du bois.
Otis Redding chante le célèbre morceau d'Eddie Floyd, "Knock on Wood".
Je n'avais pas de canne blanche pour anticiper les obstacles.
Non, non! Putain que je suis con!
Ouf!
Les volets, fermés exceptionnellement, m'obstruaient la vue. Fenêtres et volets ouverts, mes yeux sont heureux de contempler le ciel. Mes pupilles scintillent de reconnaissance.
    Ce matin comme hier, le ciel est bleu, aussi immaculé que la première conception venue.

Cancers et métastases   32 Il faut savoir sourire de tout

En marche vers la décrépitude

Aucun passage d'OVNI, aucune trace de ces vaisseaux d'humains composés de l'élément 115, le ununpentium, la matière de l'antigravitation. Ces engins qui se déplacent à des vitesses inconnues de l'ordinaire, utilisant l'énergie scalaire découverte par Nikola Tesla.

Non, je n'ai rien dit, je ne l'ai pas écrit.
Tu dis si?
Tu me contredis?
Juste la phrase écrite au-dessus?
Ok, mais je ne l'ai pas écrit gros. S'il te plaît, fais mine de n'avoir rien vu. Tu leur dis croire dur comme fer aux extraterrestres, à toutes ces conneries que The Head veut nous faire gober! Ne me déments pas!
La chose militaire, c'est secret.
Chut, ne le répètes pas...
C'est un truc, si tu le divulgues, tu deviens plus mortel qu'un gagnant de la totalité des cancers créés par Dieu. Ce divin mec a l'imagination fertile pour trouver des façons douloureuses de te faire passer de vie à trépas. Il n'a pas les deux pieds dans la même galoche, tu peux me croire.
      Pour éviter les ennuis, voilà ce que tu dois dire en jouant les naïfs, les limites benêt... de jour comme de nuit. (Benêt de nuit, humour).
Les soucoupes volantes ne sont pas des engins militaires des Russes ni des Américains, construites en ununpentium. (explication de leur rareté). Ni des engins exploitant l'énergie scalaire de Nikola Tesla, associée à l'agravitation octroyée par l'élément 115.
Non, pas du tout. Ne me faites pas dire des vérités pour me créer des ennuis.
Là c'est la théorie des complots, de tout le toutime. Un peu comme si tu affirmais que le monde est sous la coupe de Goldman Sachs et des gus du groupe Bilderberg, dont les

En marche vers la décrépitude

dirigeants seraient liés à un État tout petit, choisi par... ou que qu'en décembre 1913, cinq banquiers privés ont convaincu le président T. Woodrow Wilson de les laisser créer The Federal Reserve System pour battre monnaie pour les États Unis. Ce papier imprimé à leur guise, est prêté au pays avec intérêts. Pour payer les intérêts de cette dette, dette en croissance constante, il faut rançonner le peuple. Curieusement 1913 marque aussi la création de l'impôt aux États Unis... Impôt servant à rembourser les intérêts, jamais la dette. Cette idée géniale a été étendue au monde entier. Le dollar devenant la monnaie des échanges commerciaux... Imaginons, soyons fous, que les États battent eux-même leur monnaie... plus de dette, plus d'intérêts... plus d'impôts pour rembourser les banquiers privés... Plus de très faible inflation nécessaire pour maintenir un chômage de masse... J'ai fait un rêve... le peuple arrêtait d'être con...
Nom de Dieu tu déconnes!
Tu vois le truc, des coups à te conduire directement en asile psychiatrique.
Reconnais-le, tu le mériterais.

Ces fameuses soucoupes volantes, certains les voient, même sans avoir bu une des trois cent quarante bouteilles de Cognac Petite Champagne 1967 de chez Chollet. Ces soucoupes, ce sont des mobylettes pour extraterrestres. Elles voyagent pendant des millénaires à travers le cosmos, les univers, traversent les trous noirs, les tunnels de verre, sortent des fontaines blanches, pour venir nous voir. Ces petits hommes verts ont une telle avance technologique sur nous... même nos dirigeants, qui ne sont pas des cons, ne l'imaginent même pas.
Je t'entends protester...
Ok, peut-être pour certains, des pourris, mais pas des cons, tu

En marche vers la décrépitude

n'aurais pas la bêtise de voter pour un con?
Si?
Tu t'en crois capable?
Donc, ces gus en soucoupes sont venus d'un univers lointain, si distant que la lumière de chez eux prend vachement de temps pour venir chatouiller les miroirs de nos télescopes. Ces gus qui se pointaient pour nous serrer la louche, au dernier moment, pris de timidité maladive, ils font demi-tour, oubliant de se prendre en selfie. Pas un souvenir à montrer chez eux. Tu vois un peu la scène, ces gus extraterrestres vont passer pour de sacrés loosers.

Pense un peu, ils sont venu de si loin... Ces efforts, ces techniques, laissent le plus savant d'entre les humains sur le cul. Ces dépenses d'énergie, tout ça, pour rien. Putain c'est con d'être timide à ce point.
Nous sommes d'accord, je n'ai pas mangé le morceau. Grady Barnett et les petits humanoïdes de Roswell, ceux soi-disant crashés le 8 juillet 1947, aux dires de la CIA, n'étaient pas des militaires Russes ou Américains essayant une arme secrète. C'étaient juste des extraterrestres venant pour assister à ma naissance le 10 septembre. Faire le trajet Roswell Pontoise, devait bien prendre deux mois, surtout sous la canicule de cette année-là.

À ces petits hommes verts, j'y crois dur comme fer, ils existent pour sûr, c'est aussi véritable pour moi, que l'existence du Dieu des religions. C'est te dire!

Les nuages jouent à cache-tampon avec le soleil. Certains, l'air sombre, versent des larmes de pluie exprimant leur tristesse de voir comment nous traitons leur planète.

Dans les arbres, épisodiquement, l'astre solaire sèche les dernières gouttes de pluie rendant les feuilles glissantes, des

En marche vers la décrépitude

éléphants aux plumages chatoyants, sautent de branches en branches, criardent, caquettent, stridulent, gazouillent, à trompe que veux-tu. Ils sont joyeux. Le printemps arrive porteur de la saison des amours. Sous les charmilles les copulations vont aller bon train. Les amoureux vont se dégourdir la trompe. Certains construisent déjà leurs nids. Les pontes ne vont pas tarder.

Une question me turlupine, lorsque je bois ma chopine, combien faut-il compter de minutes pour la cuisson d'un oeuf d'éléphant à la coque?

Quelle taille doivent avoir les mouillettes?

Beurre doux ou beurre salé?

Je sais!

Je sais, tu veux me smacher le bec, des éléphants qui gazouillent, criardent, caquettent, stridulent ou s'égosillent comme de vulgaires piafs, qui plus est, en sautant de branches en branches... ce n'est pas crédible un seul instant.

    Je suis conscient de cette absurdité écrite juste au-dessus.

    Les éléphants ne parlent pas le langage des oiseaux, si ce n'est quelques imitateurs. Les éléphants barrissent pour la majorité d'entre eux, tout le monde sait ça, sauf quelques casquettes à l'envers, c'est évident.

Je corrige le texte pour les puristes!

    Dans les arbres, épisodiquement, l'astre solaire sèche les dernières gouttes de pluie, les éléphants sautant de branches en branches pour les plus agiles, barrissent à trompe que veux-tu.

C'est plus crédible non?

Pourquoi des éléphants me demandes-tu?

Il y a soixante ans, ma réponse aurait été péremptoire:

parce que vélosolex!

En marche vers la décrépitude

Cela coupait court à toute contestation.
Une blague de non-sens. De nos jours elle a perdu de sa saveur.
Les jeunes générations ne connaissent plus l'ivresse des randonnées à Solex. La brise te fouettant le visage, les cheveux au vent, les descentes à fond, moteur relevé, pour ne pas te freiner, les montées pédalées, le paysage prenant son temps pour défiler de peur de voir tes yeux manquer un détail, ce dernier valant le détour.
Aujourd'hui, peut-être faudra-t-il remplacer "vélosolex" par "smartphone". Cela ne veut rien dire non plus.
C'est le but.
En ce temps-là, répondre "vélosolex" n'avait aucun sens.
Sais-tu pourquoi chez les mammifères, les éléphants et les rhinocéros sont les seuls à avoir les testicules à l'intérieur du corps?
Non, pas par modestie!
Ne réponds pas n'importe quoi.
Parce que Vélosolex!
Là, il fallait juste te marrer pour ne pas passer pour un con, aux yeux de ceux qui se forçaient à rire. Ils ne comprenaient pas plus que toi.
Il fallait se la jouer initiés.
À cette époque, nous étions à nous extasier devant "La cantatrice chauve" d'Eugène Ionesco. Nous lisions avec délice, l'Os à Moelle de Pierre Dac. Père Ubu d'Alfred Jarry nous entendait dire merdre en tenant des chandelles vertes. Des villages de la France profonde nous ont vu les traverser, en bande, à la queue leu-leu, frappant sur des casseroles, coiffés de passoires et d'entonnoirs, scandant "Dieu est mort, il ne bande plus".
Il faut bien que jeunesse se passe, diront de vieux croutons.

En marche vers la décrépitude

Surtout pas!
Il faut la garder dans sa tête ce, jusqu'à son trépas. Ne pas succomber à la mode de faire l'adulte, de penser sérieux.
Regarde un peu ce qu'est devenu le monde de ceux qui se pensent adultes.
Franchement, ça te donne envie?
Moi pas, seulement de gerber!
Alors putain, vive Vélosolex.
      Devant cet humour potache les gens sérieux nous contemplaient navrés. Nous regardant, secouant la tête, ils laissaient échapper:
"Devant tant de bêtise, les bras m'en tombent!"
Une explication au nombre important de manchots se grégarissant sur la banquise de la connerie.
Revenons à nos éléphants. Eux, même sur la glace, ne se les gèleraient pas.
Ils ont les testicules à l'intérieur.
Faut suivre merde!
      Les oiseaux privés de leurs prérogatives sonores et arbustives, dépités, gueulaient contre ces cons de pachydermes. Ils avaient piqué leurs rôles. Réunis en large manifestation piaffante, ils hurlaient que c'était une imposture! Ils s'en plaignaient à leurs agents. Ils menaçaient d'exiger, par voie d'un référé, en compensation, de pouvoir remplacer les figurants dinosaures dans les films sur cette époque lointaine, où des histoires sans queue ni tête, s'élucubraient dans des scénarii se mordant la queue.
      Regarde là, non là!
La direction, pas le doigt. Ne sois pas con, ne joue pas au prolo devenu fan des républicains en marche, ceux avançant les yeux bandés. Ne joue pas non plus aux milliardaires adeptes du

En marche vers la décrépitude

marxisme-léninisme. Ne fais pas partie de tous ces benêts qui luttent contre leur propre intérêt!
Je prêche dans le désert.
Leur désert, question d'idéal, l'individualiste sans solidarité...
Jean Patrick arrive dans mes oreilles:
Moi je traîne dans le désert depuis plus de 28 jours
Et déjà quelques mirages me disent de faire demi-tour
La fée des neiges me suit tapant sur son tambour
Les fantômes du syndicat des marchands d'incertitudes
Se sont glissés jusqu'à ma lune, reprochant mon attitude
C'est pas très populaire le goût d'la solitude.
Le principe de réalité finit toujours par s'imposer! Ne sois pas naïf, il y a la théorie, il y a la vie, il y a l'homme. Les grands révolutionnaires ont toujours été des enfants de grands bourgeois se la jouant peuple. Ils pensaient peuple, mais vivaient privilégiés. Ne t'étonnes pas alors du constant échec de l'application de leurs théories. Le peuple n'a que trois besoins initiaux, l'éducation, l'éducation, l'éducation. Ensuite il sera capable de prendre les bonnes décisions, celles le concernant réellement, normal, elles viendront de lui, pas des condescendants s'autorisant à penser à sa place, ne lui reconnaissant pas le droit d'imaginer son propre avenir. Pour tout dire, ils le trouvent trop con, veulent lui expliquer ce que sont ses besoins. Regarde ce que devient le peuple s'il se fait voler son pouvoir par ceux qui ont décidé de le rendre heureux malgré lui, sans connaître ses envies, ses désirs, ses aspirations. Les histoires de révolutions, menées par les théoriciens nantis, finissent toujours mal pour le populo! Regarde aussi d'où sont issus tous les initiateurs... Leurs points communs. Je n'en dis pas plus. Comme les histoires d'amour dans la bouche des Rita Mitsouko.
Là devant nos yeux étonnés et candides, un tournesol tourné à

En marche vers la décrépitude

contresens regardait vers l'ouest. Dans ce champ de cinq hectares, il se faisait remarquer. Un original. Parmi des millions de copies?
Les autres héliotropes, dirigés plein est, observaient le soleil depuis son lever. Pour eux, à l'est, il y a toujours du nouveau.
Im Westen nichts Neues.
Alors qu'à l'ouest, il ne se passe plus rien, comme l'avait observé Erich Maria. Cela explique leur orientation vers le levant!
Forcément...
Forcément.
　　　En observant de près, cette maurelle, elle jouait l'originale, je découvris qu'elle était aveugle, n'y voyait goutte.
Une explication à sa singularité, son manque de culture.
Une plante sans culture, avoue, ce n'est pas banal.
Curieux cette cécité pour un tournesol?
Habituellement les saccharums en sont les victimes. L'excès de sucre en étant la cause.
Le diabète conduit à la cécité, aussi sûrement, l'autoroute te conduit au péage.
Pour cette raison, tous les saccharums sont dotés de cannes...
Saccharums, cannes à sucre.
Pouêt pouêt.
La chenille!
Fini pour le léger!

Cancers et métastases　　　40 Il faut savoir sourire de tout

En marche vers la décrépitude

Chapitre 2

Pour se tendre.

Passons au lourd!
      Depuis la nuit des temps, de génération en génération, sur l'île d'Oléron, mes ancêtres vivaient au bord de l'océan. Ils étaient sauniers, pêcheurs, ostréiculteurs, laboureurs avec ou sans boeufs. Leur vie rythmée par les marées. Ils aimaient pigouiller dans le salé, labourer sous les embruns, se laisser porter par les vagues, défier les déferlantes. Pour améliorer l'ordinaire, ils taquinaient d'un crochet de fer les dormeurs, récoltaient, aidés d'un râteau, les sourdons dans le sable, de la lame du couteau ne quittant jamais leurs poches, ils décollaient les berniques, jambes ou chapeau chinois. En les leurrant au sel, ils capturaient les couteaux, ils décrochaient les huîtres sauvages des rochers, sur des pieux de bois cueillaient de pleines mains de moules, récoltaient des bigorneaux, ramassaient des lusettes. Ils parlaient le patois, enrichi de mots d'anglais, traces des invasions barbares, des guerres n'en finissant plus, des occupations anglaises sporadiques, de la guerre de cent ans jusqu'à la fin du XVI ème siécle. Pour horizon, leurs yeux aimaient s'arrêter sur l'infini. Parfois ils regardaient même au-delà. L'horizon, ce point précis, toujours

En marche vers la décrépitude

hors de portée, le ciel s'y mélange à l'océan, endroit précis où les mouettes et les goélands seraient remplacés par les albatros, s'ils n'avaient pas mystérieusement disparu de nos cieux depuis le pliocène.

L'héritage culturel de ces ancêtres circule dans mes veines. Eux tous, je les ressens en moi, ils m'emplissent, me rappellent parfois à l'ordre. J'ai le sang qui suit le rythme des marées.

Ces femmes, ces hommes, dont je suis issu, étaient pauvres, simples, libres. Peu faisaient des vieillards, encore moins des centenaires... Le travail, la fatigue, dès leur plus jeune âge l'usure des travaux des champs, ou de la mer, les épidémies, les accidents, les colères de l'océan, s'ingéniaient à leur écourter la vie. Le prix élevé de cette liberté dont ils étaient riches.

Certains craignaient Dieu, parmi eux quelques-uns ont suivi Soubise, d'autres le duc de Guise. Protestants, Catholiques, ou ne croyant qu'en eux, ne s'inclinant que devant les colères du Dieu océan. Tous craignaient les tempêtes anéantissant souvent en un instant des mois de dur labeur.
Bon sang ne saurait mentir.
Il fallait s'y attendre!
Pour être en phase avec mon lignage maritime, lui faire un clin d'oeil, montrer que je suis de ce camp, j'ai opté pour un crabe pour tout décors de mon rognon.
Est-ce une étrille, un crabe vert, un dormeur, un tourteau? Demanderont les spécialistes de carcinoculture.
Le tourteau, cancer pagurus, son nom latin annonce la couleur, tu ne le confonds pas avec le pinnothère pisum, lui ne fréquente que les moules. Si j'osais dans le salace, je dirais sans esquisser de sourire, l'un nous concerne tous, le second n'a de tropisme

En marche vers la décrépitude

que féminin.
Il n'y a pas de rapport direct, si ce n'est une convention symbolique, entends-je.
C'est celui qui le dit qui y est!
      Un tourteau du rein, en prenant tout au pied de la lettre, ça ne voudrait rien dire. Avec ce crabe marin, notre seul risque, sentir la marée. Surtout pour ceux qui ont le rein sûr.
À dada sur mon bidet, quand il trotte il fait des pets.
Rinçure de bidet!
Bien sûr.
Désolé!
Papi, encore une vanne pourrie, dira Oksana Irina, ma petite fille.
Une connerie du chapitre précédent restée coincée dans le clavier, elle n'était pas sortie à temps!
Un cancer, deux reins, trois raisons pour ne pas se faire de mouron en sortant son petit oiseau. Pipi pipi.
Un rein ne va plus?
Soyons libéral dans nos réactions... Pas de sentiment, de l'efficace, du rationnel sans le moindre affect.
Désolé vieux, tu retardes le mouvement, nous devons nous séparer, tu risques de nous entraîner dans ta perte.
Ciao le rognon!
R.I.P.
Ils sont responsables ces publicistes, ceux nous formatant la façon de penser. La terre leur doit de courir à sa perte. La terre non, mais l'humanité. Un jour, je l'espère, ils seront jugés pour crimes de connerie contre l'espèce humaine! Ce gars-là, crapule dont je n'écris pas le nom, juste la rime, pâlit. Son éternel bronzage de sombre connard commence à verdir.
Ne pas se faire de soucis, lorsque tu es squatté, c'est vite dit.

En marche vers la décrépitude

Si tu as un intrus qui te visite l'intérieur, un bestiau sans éducation, négligeant de se décrotter les sabots sur le paillasson de l'entrée, cherchant son plaisir sans se préoccuper de ta gêne... Pour faire celui qui reste cool, faut l'entrainement des charlatans bouddhistes tibétains. Ceux que la doxa nous vante. Ces clowns déguisés orange, chefés par le Dalaï Lama, ce grand sage financé par la CIA pour emmerder les Chinois. Jeune enfant, il fut éduqué par un précepteur nazi, envoyé au Tibet non par Tintin, mais par Hitler himself. Homme exemplaire pour sa générosité, son humanisme. Les deux se sont exprimés pour que la Grande-Bretagne libère ce bon Pinochet, ce dictateur qui renversa, aidé par son ami Kissinger prix Nobel de la paix, en faisant juste un peu assassiner, Salvadore Allende... c'est dire si le Nobel n'est pas politique. Un prix devenu l'arme pour faire chier les opposants à l'idéologie libérale occidentale. Un homme exemplaire ce clown en robe rouge. Il a, par contre, garder sa gueule bien fermée, lorsque des foules, à travers le monde, demandaient à l'Afrique du Sud raciste de libérer Mandela. On a les idoles que l'on peut. Pauvre monde manipulé par les modes lancées par les idiots utiles de l'Intelligencia rampante. Me voilà encore parti à digresser.

En apprenant la visite impromptue de mon parasite, alors que je ne m'y attendais pas, en ce moment-là, dans ma tête, chantait Mick Jagger sur la guitare de Keith, il scandait les riffles de Midnight Rambler.

Je vais finir par détester les crabes, même le Chatka, et préférer le saucisson. Personne n'est décédé d'un saucisson du rein. Même pas à Lyon.

Embolie, analyses, scanner, cancer.

Pour une fois, j'ai le quarté dans l'ordre. À la décharge du

En marche vers la décrépitude

hasard, je joue pour la première fois.
Putain de nouvelle, j'ai senti me monter les abeilles, ma respiration se couper.
Un crabe à rognons est attribué à mes zigs! À la roulette française, j'ai tiré le bon numéro! Il faut préciser que chez nous, le barillet n'a qu'une balle manquante. Nos chances sont faibles de passer à travers. Grâce à nos ministres écologistes fermant les yeux en avalant les couleuvres des lobbies des additifs, des pesticides et autres radiations. Du moment qu'ils ont la voiture de fonction, le girophare accompagné de son pimpon, des motards devant. Sur le périphérique parisien, tu as droit au coup de talon dans ta portière, par leurs escorteurs, si tu ne dégages pas assez vite pour laisser passer ces majestés. Ces parasites, pressés d'aller te voter une taxe supplémentaire pénalisant le prolo, s'il n'a pas les moyens du bobo pour se mettre aux nouvelles normes qui font jolies dans les salons parisiens...

Ces paltoquets, pour ne pas dire enculés, d'être accusé de les insulter, après t'avoir encouragé à t'équiper diesel, en créant un bonus pour les émissions de CO^2, trouvent tout à coup ce moteur caca-boudin. Ils veulent te convertir à celui fonctionnant à l'essence, le malussé.
On est, on est champions... pauvres cons!

À l'annonce de mon lot, j'ai eu le circulatoire qui s'est perturbé. Mes tubulures se sont contractées. Mon sang s'est retiré, la marée basse. Un fort coefficient! Ma tension a perdu quelques points. Il me fallait encaisser le coup.

Pète un coup, t'es tout pâle, aurait dit l'observateur irrespectueux.

Le mot cancer fait son effet. Ce mot, dans mon imaginaire, change tout. Si le médecin m'avait dit "vous avez

En marche vers la décrépitude

une blanquette de veau, un bubon, voire plus grave, un ongle incarné, un phimosis, une rage de dents, la syphilis et son bar-tabac, je restais serein, limite canari. Le gus qui sifflote prenant le truc à la légère. Décontracté du gland comme le grand Gérard dans "Les Valseuses".
Mais il a prononcé cancer!
La nouvelle me tombe sur la tête.
Splash.
     J'ai vécu un moment aussi violent lorsque... par la présence maintenue du fantoche socialiste, élu après bourrage d'urnes, dans ce but à leur primaire truquée? Un gus dont la tendance ne représentait personne, sa propre concierge ne le connaissait pas. Magouilles et bourrages d'urnes habituelles chez les socio-traîtres... j'ai pris dans la gueule l'immense connerie d'une partie de ce pays. L'élection comme président du jeune prétentieux, décrit psychopathe par des psychiatres en Italie. Petit garçon capricieux et colérique promené par la main de sa presque maman. Celle à la tronche refaite, le tarin oubliant de grandir, elle n'a que la peau sur les os, des cannes de serin. Le genre à porter des poulets vivants au marché sans risquer de se faire chier sur les mollets. Élection où des naïfs de profession ont cru faire barrage au retour des Waffen-SS pour nous doter d'un guignole ultra-libéral. Marionnette possédant les mains, de Goldman Sachs et autres banquiers du fan club Bilderberg, enfoncées bien profond dans le fion, pour lui faire bouger les lèvres.
Au secours gnafron, il est devenu fou!
Un gus qui se croit bien au-dessus de nos têtes. Il se prend pour un Dieu vivant. Le premier de la cordée. Il n'a pas conscience, plus il grimpe haut, nous, restés sur terre, nous ne voyons que son derrière, et les mains de ceux le manipulant. À voir sa tête,

En marche vers la décrépitude

son cul, c'est sa partie la plus conviviale.

Devant les images de mon scanner, c'est bien d'un cancer du rein dont j'ai hérité, me confirme le néphrologue, un spécialiste qui semble connaître son affaire.

J'écoute. Mon cerveau fait une pause. Je le sens, j'ai moins chaud dans la tête, ça se contracte, les globules font un détour, hésitent à entrer dedans.

A priori, mon premier réflexe n'est pas d'associer le mot cancer à espoir, à bien-être, à vacances au soleil les doigts de pieds en éventail, un mojito à la main.

Prosit.

Je suis plus prompt à y associer, nausées, pertes des poils, des cheveux, teint gris, pompes funèbres. Toutes mes condoléances.

Je revois ceux de mes proches clients des chimiothérapies. La longue liste des disparus, victimes de ses exactions. Ceux n'ayant plus un poil sur le caillou pendant leur traitement. Épilation totale gratuite. Ils l'avaient acceptée en contrepartie de nausées, souvent de dégueuler tripes et boyaux. Leurs tronches plus vertes que la chandelle du père Ubu, me coupaient l'envie de plaisanter, de terminer leurs phrases par poils au...

L'humour est souvent problématique chez le cancéreux.

Ce jeu à la con...

poils au menton.

Putain ce n'est pas malin!

Poils aux seins.

Crois-tu que ce soit le moment pour tes conneries, es-tu devenu con?

Poils au menton.

Pourquoi "devenu" con?

Con, c'est un état naturel, il me vient par intermittences, me

En marche vers la décrépitude

convient... c'est confortable, j'adore m'y vautrer de temps en temps. Je ne peux pas être en mode réfléchi tout le temps, il me faut des moments de respiration. Être con, même très con, putain c'est des plus reposant. Je comprends pourquoi beaucoup y succombent définitivement.

Le cancer du rein, s'il t'est présenté sorti du berceau, suçant son pouce, pas encore propre dans ses couches, c'est une bonne nouvelle. Comme crabe, ça débute gentil, ça prend son temps pour envahir tes organes, ta tripaille. S'il ne s'est pas reproduit, s'il n'a pas encore fondé une famille qu'il souhaite nombreuse, pour s'en débarrasser, il suffit d'un peu de découpage suivant les pointillés. Avec lui, pas de rayons, pas de chimiothérapie, un bestiau qui a su rester simple, près du peuple. Un vrai cancer Low Cost, idéal pour les prolos.

Une fois scalpé, jeté dans la gamelle du chat, tout est fini, plus le moindre ennui, tu reprends le cours de ton existence, tu replonges dans l'incertitude, la loterie de ta fin.

Débarrassé de lui, je repartirais guéri pour le reste de mon temps de vie. C'est le super slogan. "Un crabe à rognon, un bistouri, c'est reparti pour la vie!"
Je devrais quand même regarder en traversant l'autoroute, éviter de plonger sans parachute du dix-neuvième étage... Il ne faut pas exagérer non plus.
Remarque si c'est écrit... si mon jour n'est pas arrivé, si l'autre, celui désigné créateur, n'a pas envie de me voir débouler lui contester la réalité... les bagnoles peuvent m'éviter, la main de l'imaginé "immanent" en moi doit me retenir si je plonge dans le vide. Il faut lire les modes d'emploi, scrogneugneu!

Une bonne nouvelle en somme, d'être affublé d'un débutant. Un tout nouveau, un jeunot.
Tout nouveau, tout beau... ce n'est pas démontré...

En marche vers la décrépitude

Joker!

J'ai pris ma décision. J'observe Gaston un an puis, s'il n'est pas parti de lui-même, à l'amiable, nous nous séparerons à scalpels tirés...

L'année s'est écoulée, pas d'évolution, il est demeuré riquiqui, pas maoust kosto, mais bien décidé à rester. Je choisis de lui faire mes adieux. Lui dans sa tête est moins formel, il chantonne:
"Ce n'est qu'un au revoir mon frère".
L'impertinence, caractéristique de sa jeunesse.
Rien de grave, c'était vrai, d'un coup de bistouri précis, le cancer m'a été retiré.

Je ne crois pas qu'il se nommait Pagurus. Nous n'avions pas été présentés. Je ne sais même pas s'il était en règle, s'il avait ses papiers. Je ne l'ai pas vu partir. Sur un quai de gare, pour son départ, je n'ai pas agité mon mouchoir.

J'étais endormi, je n'ai pas observé la façon dont le chirurgien s'y était pris pour le localiser, le surprendre, lui baiser la gueule, lui niquer sa race...
Peut-être l'homme de l'art a-t-il imité le cri de la mayonnaise, de l'ailloli, ou celui de la marée montante, pour l'attirer, l'immobiliser, avant de le scalper, amas de cellules, accompagné d'un fin morceau de son support.
Le sortir de mon corps.
Vade retro satana!
Gaston est mis hors d'état de me nuire, bouté loin de mon estran vésical.

En marche vers la décrépitude

Cancers et métastases   50 Il faut savoir sourire de tout

En marche vers la décrépitude

Chapitre 3

Vos billets, contrôle!

Hôpital de Barbezieux. C'est le printemps 2018, suivant l'expression consacrée, la nature est en ébullition, les éléphants gazouillent, les mouches pètent.

Aujourd'hui, jour de mon rendez-vous de contrôle. Membre de l'amicale des anciens crabistes, la gent oncologiste, périodiquement, me propose une rencontre. Elle y vérifie le fonctionnement bien ordonné de mes cellules. Pas un noyau, pas un cytoplasme, pas une vacuole, ne doivent se distinguer des autres. La normalité, la régularité, la monotonie, l'absence d'inventivité. Les débuts de foyers à tendances anarchistes sont impitoyablement traqués. Les zadistes de la cytologie ne semblent pas plus appréciés. Pour satisfaire la curiosité de ces chasseurs de noyaux trop denses, de chromatines surréalistes, je me soumets à une petite partie de scanner. Du coccyx à la glotte, sur un écran plasma, un voyeur numérique me bombarde de rayons, me scrute l'intérieur. De son regard inquisiteur, l'expert débusquera mes cellules déviantes, les imaginatives, les artistes, les sans foi ni loi, celles n'en faisant qu'à leur tête.

Lors des examens précédents, les contrôles de routine,

En marche vers la décrépitude

ceux auxquels je me soumets périodiquement pour respecter le protocole de suivi, depuis l'ablation de mon cancer, aucune cellule suspecte n'a montré le bout de son nez. Le médecin contrôleur, n'en a pas trouvé. Il a fait chou blanc, à chaque fois.

  Aidé de toutes mes cellules saines et disciplinées, j'avais fait tapis, toujours emporté la mise. Sur les clichés radiologiques, toutes mes cellules restaient bien ordonnées. Leurs noyaux possédaient la taille réglementaire, la chromatine régulière, bien ordonnée, pas trop densifiée, sans vacuoles irresponsables perturbant les cytoplasmes. Mes petites cellules étaient sages comme des images. Elles prenaient modèle sur les petites filles dressées par Sophia Fiodorona Rostopchina.

  Cela fait presque trois ans, par cinq trous incisés sur le côté gauche de mon bide, le chirurgien, en enfilant ses instruments pour voyager à travers mes abats, a éliminé les intruses, les fouteuses de merde. Celles, vivant hors la loi commune des normes de ma biologie. Celles commençant à organiser le bordel, à sécréter des substances hallucinant mon hémostase. Celles colonisant mon rein gauche dans le plus grand désordre.

De vraies punks, des fans de "No Futur".
Le "No Futur" était pour ma gueule à terme!
Des cellules adeptes de Johnny Rotten et Sid Vicious réunis, alors que la bière coulait à flots, la poudre leur montait aux nez.
"Anarchy in the UK".

Right ! now ! ha ha ha ha ha
I am an antichrist I am an anarchist
Dont know what I want but
I know how to get it
I wanna destroy the passer by cos i

En marche vers la décrépitude

I wanna be anarchy !
No dogs body.

Il y a des colons un tantinet envahisseurs. Les exemples anciens ne manquent pas. Il suffit de poser la question aux derniers indiens d'Amérique, aux Aborigènes survivants d'Australie. Pour ces gus, la question de la réalité du grand remplacement par du chrétien blanc garanti grand teint, n'est vraiment pas une fiction. L'extermination de ces "primitifs" dans l'amour débordant de son prochain, cela va de soi. Nous ne sommes pas des sauvages! Nous sommes la civilisation occidentale, celle s'imposant à tous. God bless us.

Oui ou merde, vont-ils se décider à me la prendre ma démocratie, ces primitifs, ces putains de sauvages, et vite fait, où je leur écrase la tronche à coups de talons. Un geste élégant mis à la mode par le grand défenseur des droits de l'homme, ce philosophe humaniste contemporain, élu du divin, désigné par ces initiales, fan de chemises blanches dépoitraillées. Ce gus se précipitant héroïquement sur l'entarteur Noël Godin, maintenu au sol par ses gens. Un va-t-en-guerre pacifiste faisant rire les ordinaires, puis commandant les assauts des vassaux politiques de sa maison. Les dictatures, les islamistes, les entarteurs, se mettent à trembler. Une fois rassasié de leur sang impur abreuvant ses propres sillons, tournant les talons, drapé dans ses costumes des meilleurs faiseurs, la mèche savamment désordonnée, il part la tête haute, le menton pointant l'avenir sombre de ses prochaines victimes, dans le bruit des peuples massacrés. Va comprendre la nouvelle philosophie. Va comprendre le monde nouveau.

Tu vois, t'as intérêt à être déclaré vainqueur lorsque tu extermines du sauvage, du récalcitrant à ta façon d'envisager le monde, ta civilisation, ta démocratie élitiste, si tu ne veux pas

En marche vers la décrépitude

passer illico, d'exemple d'humaniste garanti CE à criminel contre l'humanité... C'est toujours sur le fil du rasoir.

Demande au peuple Japonais, il te confirmera. Pose aussi la question aux Harkis, que le double étoilé du képi, l'autoproclamé Sauveur de la France, a laissés de l'autre côté de la Méditerranée, une fois la paix signée avec l'Algérie. Celle concoctée en sirotant des bouteilles d'eau d'Évian...

Des gens habitués au soleil, à la chaleur, ces Maghrébins prenant le parti de la France. Ils ont trahi leur pays à notre profit, se sont battus dans notre armée contre leurs frères. En remerciement des services rendus, par la volonté de ce président fort grand, ils ont pu bénéficier d'un séchage beaucoup plus rapide du sang sorti des plaies béantes des entailles de leurs gorges... Sous nos climats, ces pauvres naïfs auraient en supplément chopé des mycoses. L'humidité!

Non, suis-je idiot, ne leur demandes pas si nous sommes la patrie des droits de l'homme, ces bougres ne sont plus là pour témoigner, ils ont perdu la tête. Ils ont préféré se précipiter sous terre, décapités, enveloppés dans un drap pour faire plus fantôme. Sur des racines de pissenlits, pour les bouffer, ils se sont précipités. Trop sensibles les gus, pas assez vaccinés, ils ont été victimes de maladies mortelles, se sont chopés le virus FLN. En pleine épidémie, nos supplétifs contaminés, se précipitaient la gorge la première, sur les lames des rasoirs coupe-choux de leurs vainqueurs. Ces naïfs se prenaient pour des moutons un soir d'Aïd El-Kébir.

Ils gueulaient les mecs du FLN. Mets-toi à leur place. Pas facile de se raser, avec des traîtres à leur cause venant jusque dans leurs bras, s'égorger, accompagnés de leurs fils et de leurs compagnes. Leurs carotides émoussaient le fil de leurs rasoirs. Une lame émoussée, des coups à s'entailler les joues...

Cancers et métastases   54 Il faut savoir sourire de tout

En marche vers la décrépitude

Aux larmes citoyens, qu'un sang allié abreuve leurs sillons.

De nos jours, les exemples ne sont pas rares non plus, je te laisse les énumérer. Prends tes responsabilités. Moi, je ne veux pas d'ennuis avec nos milices politiques, ces nervis de la bien-pensance, celle m'ordonnant de bien raisonner... Des obtus, croyant me modifier le cerveau, la réflexion, la déduction. Ces gardiens de la pseudo-démocratie, avec leur morale de loufiats, celle faisant joli à dire, que s'en est un ravissement pour les lèvres, se comportent comme les pires tyrans dont ils dénoncent les gouvernements.

Surtout ne pas faire d'impaires, il y a des noms interdits à citer, des mots à ne pas prononcer, des idées à ne pas vouloir étudier... Attention, la meute bien-pensante est prête à se précipiter pour le lynchage moral, voire physique. Ces courageux en bandes grégaires, ont trouvé là, leur seule façon d'exister. Conséquence de leur médiocrité.

Armés de bougies, de bouquets mono fleur, de nounours en peluche, ils processionnent, organisent des marches blanches de citoyens à QI de moules. Ils arrivent en troupe, en cliques, en processions, après avoir convoqué la télévision. À quoi bon perdre leur temps pour des conneries, si leurs trognes de défileurs indignés se voyaient privées d'écrans et de publicité.
"J'y étais moi Monsieur".
Pour quelle cause?
On s'en fout, retenez juste que moi... tu filmes mon bon profil coco!
Moi, j'y étais!
Que de coeurs purs, que d'âmes généreuses, dans ces marches dirigées parfois par l'assassin, le coupable. Tous les risques pour le quart d'heure de célébrité. Vive la nouvelle société.
Je digresse encore, revenons à l'étale!

En marche vers la décrépitude

Par une trouée de mon bide, au compresseur, le chirurgien m'a gonflé la panse. Il m'a transformé le ventre en baudruche, pour pouvoir s'orienter dans le merdier de ma boyauterie, celui de mes abats. Par l'un des trous d'à côté, il a installé l'éclairage, ajouté une optique sophistiquée. Il a examiné mon intérieur. Il a dû le trouver cossu, peut-être un peu trop chargé pour un adepte des canons actuels de la décoration. Il est vrai, j'ai la tripaille légèrement enveloppée, le muscle blanc l'emporte sur le rouge. Sur la table d'opération, mon bide, est plus perforé qu'une carte de métro des années 1950 en fin de semaine. Les poinçonneurs des Lilas, ou leurs collègues, d'un coup de pince avaient prélevé leurs confettis. Des petits trous dans les allers, des petits trous dans les retours... Par un autre trou, pour arrêter le flot de sang détoxiqué chaque jour par mon rognon, le chirurgien enfonça une pince pour clamper l'artère et la veine, elles restaient solidaires. Ne pouvant les séparer, il choisit cette solution, évitant qu'en moins de deux, ma bidoche ne devienne Halal ou Casher. Que je me vide totalement de mon sang à gros bouillons, comme ces gorets alimentant la bassine à boudin. Bassine où flottent des oignons, des échalotes, tous hachés menus. Un Niagara, une Victoria, des chutes cascadantes de sang.

Plus masqué que le concombre de Nikita Mandryka, aidé d'un scalpel, dans mon rognon transformé provisoirement en chômeur, le boucher spécialisé dans l'humain, a découpé un demi-centimètre autour de mon cancer? D'une pince maniée avec dextérité, il a ensuite extrait la barbaque colonisée. C'était caca boudin.

Là, j'ai une vision, elle traduit mon côté déconne, elle envahit mon cerveau. J'imagine, devant la vitre d'où lorgnent

En marche vers la décrépitude

des apprentis charcuteurs en stage de formation. Ils observent avec intérêt leur pair. L'homme de l'art en tenue sanguinolente trifouille mon intérieur. À leurs pieds, un alignement de félidés. Ils attendent, miaulant, salivant, l'oeil gourmand, la moustache aux aguets. Ce qu'ils voient sortir de mes entrailles, tenu à l'extrémité de la pince, ce morceau de rein, un tout petit bout! Les greffiers se regardent, prennent des mines déconfites, ils sont déçus, pensent: ce gus se fout de nos gueules. Ils attendaient au moins un poumon, pour ne pas dire qu'ils espéraient la paire. Ces fans de mou, mon bout de rein les laisse froids. Ils dépriment, ont un vrai coup de mou... c'est l'image me venant à l'esprit.
Artificiellement jeté dans les bras de Morphée, pendant la découpe de mes abats, je ne peux confirmer la chose...

Dans une boîte, l'explorateur de mon intérieur, le légiste de mon cancer, déposa la bidoche extraite. Il prépara ce bout de mon rognon pour le faire analyser par un confrère anatomopathologiste. Ce cytologiste chevronné, observations faites, convictions étayées, le verdict rendu, a dû filer les restes de mes abats à un autre greffier plus avisé, moins gourmand. Pas con le bestiau, moins idéaliste, il ronronnait à ses pieds, attendait son moment. Plusieurs petits bouts sûrs pour un seul matou, valent mieux qu'un seul gros morceau ne venant pas, à partager entre toute une troupe de chats. Je ne peux me départir de cette image. Cela dédramatise.

Au bon endroit, au bon moment, une maxime à retenir, copains félidés.

Résultat des courses, le spécialiste en découpe m'a raboté le dessus du rognon gauche. Devenu ingénieur styliste, il en a changé le design et l'aérodynamisme. Tout cela parce qu'un putain de carcinome chevauchait dessus. Plus fourbe

En marche vers la décrépitude

qu'un grand bourgeois singeant les prolétaires, de ceux jouant à être de gauche, tout en gardant leurs portefeuilles à droite. Cette gauche des beaux quartiers, où le prolétaire vient d'être chassé, celle pouvant se permettre oralement les bons sentiments, les débitant à pleines bouches, celle vivant dans ses bunkers dorés à l'or fin, pour n'en pas subir les inconvénients. Ne jamais perdre la notion de l'esthétique, question de goût...
Ce malotru de Gaston, sur mon rein y prenait ses aises, sans y avoir été invité.

Je vais te présenter un peu l'animal. Il se targue de semer la mort dans toute la contrée. Un hell angel du monde cellulaire. En vérité, un pas malin ce Gaston, ça, je peux en témoigner.

Habituellement, ceux de son espèce, sur les reins colonisés, jouent les discrets, évitent de se la péter, les photos en une de la presse people. Ils prolifèrent en loucedé. Tu ne fais leur connaissance qu'à leur apogée. Une fois dominateurs, ils leur poussent la fibre de l'arrogance. Ils attendent le moment où impérialistes, ils ont déjà colonisé tes poumons ou d'autres organes, pour te faire un petit coucou. Tu découvres la chose, stupéfait. Ils ont déjà monté des filiales, des franchises, se sont diversifiés dans moult industries de la métastase. Leur catalogue est garni, ils en ont pour tous les goûts. Il faut avoir l'honnêteté de dire que ces cancers du rognon, ce sont de vrais entreprenants, pas des timides, rien ne les rebute, personne ne les impressionne.

Ils s'attaquent même aux célébrités, Brassens, Giraudeau, le Pr Canal de Bichat et bien d'autres encore.

Ils ont la création cellulaire généreuse, ce sont des rois de l'installation, du happening, de vrais artistes. Dans l'art, ils ne mettent pas de frontière.

En marche vers la décrépitude

Le mien est plus con que la moyenne, un frimeur, un prétentieux, il a voulu faire le malin, se la jouer star. Il s'est fait démasquer comme un bleu. Laissant sur son passage des caillots, des thromboses, des phlébites, des embolies pulmonaires. Un signe trahissant sa présence possible. De fins limiers, disciples d'Hippocrate, ne peuvent laisser passer ces indices.

Ma première embolie, la plus intense, a failli me coûter la vie. Ma chance, je n'avais pas de liquide sur moi. La mort se paye comptant! La crapule ne fait pas crédit. De cette première alerte, j'en suis persuadé, il en était déjà l'auteur. Se faisant très discret à l'époque, il était déjà là, tapi dans l'ombre, il creusait ses fondations, plantait ses racines. Quinze années se sont écoulées avant sa découverte officielle.

Mon hypothèse:

Le filou mène une vie tranquille, m'occasionne quelques désordres de coagulation. Juste pour me taquiner, tester les limites où il peut aller sans se faire remarquer. Les autorités médicales expliquent mes thromboses par trop de position assise au volant de ma voiture pour le professionnel, pas assez d'exercices, des bains trop chauds ou d'autres conneries liées à la mode de pensée qui a cours. Lui, à califourchon sur mon rognon, ça le fait marrer. Il pouffe, se tient les côtes en se contenant. Mon système immunitaire moins crédule cherche à avertir. Il m'inverse la formule sanguine, il active mes lymphocytes, lance des signaux, donne l'alerte. Personne n'y prête la moindre attention.

Le corps médical par son éducation, sa tradition, s'ingénie à masquer les conséquences, évite souvent de s'attaquer aux causes. Formation continue, déformation permanente, aux mains des laboratoires pharmaceutiques. Les

En marche vers la décrépitude

médecins dans leur majorité, condamné à l'abattage comme des prostituées de la santé, visent le camouflage ou l'atténuation des conséquences, voire à stabiliser la cause. Une consigne de l'industrie, explicite ou implicite, surtout ne pas traiter définitivement la cause, ne pas détruire le gagne-pain, ne pas éliminer la génération des profits. La mission, juste dissimuler le symptôme. Les revenus des multinationales comptent là-dessus, ne pas prendre le risque de leur en tarir la source. Une bonne chronicité entretenue, c'est un racket à vie. Les multinationales de la pharmacie, pour une bonne gestion de leur chiffre d'affaires, sa progression constante, se permettront de temps à autre une petite augmentation imposée du prix de leurs médicaments de routine. Le prétexte, une nouvelle formulation, où ne changera que la nature de l'excipient.
C'est connu, à chaque évolution, la lessive lave toujours plus blanc... Et pourtant, plus tu te changes souvent de fringues, moins tu ne risques de te salir, plus les taches restent incrustées sur tes loques pour te narguer. À croire que le tissu crée ses propres taches.
Laver plus blanc... pour ma chemise noire...
Ils nous prennent pour des débiles ces créatifs! Doivent avoir raison!

   Les lymphocytes sont déçus de ne pas obtenir de soutien, mais ils font leur boulot. Ils lui pourrissent la vie au crabe, lui mordent les pinces, l'empêchent de se développer, lui ralentissent les mues. C'est, pendant des années, une lutte à égalité. Gaston est circonscrit à quelques cellules. Il doit lutter d'arrache-pieds pour renouveler son bail, continuer d'exister. Il vit dans le plus parfait anonymat jusqu'au jour où, son ego souffrant trop de n'être pas reconnu, il change de tactique. Il veut faire peur, découvrir la crainte dans les yeux de celui qu'il

En marche vers la décrépitude

envahit, de ceux de son entourage.
Putain, ce n'est pas n'importe qui.
C'est un cancer!
Un méchant qui ne rigole pas. S'il le veut, de ceux capables de t'envoyer au ciel, sans t'envoyer en l'air...
C'est à ce moment, choisissant un instant de distraction du système immunitaire, qu'il regroupe ses forces, donne l'assaut, attaque à nouveau.

Au cours de cette bataille, il m'occasionna ma deuxième embolie. Celle de trop, elle lui sera fatale. Arrogant, il célébrait sa victoire. Un scanner le débusqua, il était enfin reconnu. Il avait donné ses premiers signes officiels de vie. Il lui a fallu travailler dur pour parvenir à cette gloire.

Mais revenons à ma première embolie, une manifestation passée inaperçue de cette bombe à retardement.

À quelques secondes près, mon épouse devait casser sa tirelire et investir dans une nouvelle garde-robe. Le temps d'un claquement de doigt, elle prenait le titre souvent envié, lorsque le lien du mariage s'éternise, de "Madame veuve". Une avancée dans la hiérarchie de la respectabilité sociale qui te pose, impose le respect, ajoute la compassion à la panoplie d'hypocrisie de ton entourage. Le noir pour le deuil, porté par convention dans notre occidentalie, est assez sexy lors d'un effeuillage, sur une musique de Randy Newman, chantée par Joe Cocker:
"You Can Leave Your Hat On".
Dommage, pour cette occasion, d'être uniquement la cause temporaire, de ne plus faire partie des bénéficiaires oculaires, pour s'en réjouir l'imaginaire.

Ce matin-là, Joëlle, comme chaque jour, devait aller prendre son poste au laboratoire d'analyses médicales.

En marche vers la décrépitude

Laboratoire où elle effectuait les prises de sang avant de quantifier les constantes biologiques de ses semblables, de ceux se croyant malades, de ceux qui le sont, de ceux faisant semblant, et des hypochondriaques de tous poils.

Moi, dont la profession, l'escroquerie en biologie pour une multinationale, (j'ai une excuse, je le faisais uniquement pour de l'argent) me permettait de glander à longueur d'années, le voisinage me voyait moins matinal, moins chronométré, plus apte à m'apaiser la tension. Comme chaque matin, en cette période, je venais de porter, piquée au bout de ma fourche à trois pions, une botte de foin, dans le box de mes équidés. Foin attendu avec impatience, dévoré avec voracité, il faisait taire les hennissements et braiments intempestifs. Mes équidés sont pointilleux sur les horaires des repas, ils ne tolèrent pas la moindre dérive. Du foin en bottes de quatorze kilogrammes pour nourrir l'âne Igor et Marquise, la jument grise. Sur le chemin du retour, je me préparais mentalement à aller prendre mon bain. Ce moment propice de solitude, la radio en fond sonore, allongé dans la baignoire, détendu, en impesanteur, position idéale permettant de réfléchir à la vie, au monde, à l'évolution des univers. Un moment privilégié où je trempe longuement dans l'eau chaude. Eau se refroidissant progressivement au fil de mes pensées...

À cette époque j'écoutais encore la propagande de France-Inter. La radio allumée en permanence, dès mon réveil. À trop prendre parti du côté du manche, ils m'ont écoeuré. Tous ces petits larbins venant me dire leur bien, leur mal, pour permettre au système en place de se perpétuer, leurs petits privilèges également. Ces gens s'arrogent le droit de décider des idées à faire fructifier. C'est leur radio, il semble en être les propriétaires. Payés par nos impôts, ils ne sont en réalité que

En marche vers la décrépitude

nos employés, tout comme les politicards. Cette petite caste semble l'avoir oublié. Elle s'étonne ensuite, par sa veulerie, de faire monter ce qu'elle appelle avec dédain "les populistes"...
Ne sont pas champions, juste une bande de cons.
Leur propagande... toi tu appelles ça "les informations"?
Si tu veux, mais pense à ouvrir les yeux. Pour moi, informer c'est donner des faits objectifs, ce n'est pas de les voir commentés par un larbin avec le prisme des intérêts partisans de ses maîtres. Chacun voit midi à sa porte. Il n'est pas nécessaire d'avoir un guignol pour nous expliquer que si nous voyons le soleil se lever à l'est, c'est une mauvaise interprétation de notre part, il se lève à l'ouest, il nous faut le croire sur parole. Ne discutez pas bandes de complotistes!
Des speakeurs formatés école de journalisme, diplômés de servilité, blanchis sous le harnais du ministère de la désinformation. Cette radio d'État a accueilli pendant une brève période, quelques penseurs ne rentrant pas dans les moules de calibration de la pensée bobo libérale. Certains ont été éliminés des ondes, d'autres ont retourné leurs vestes lorsqu'ils se sont aperçus, comme le disait Lucien Ginsburg, que l'intérieur était doublé de vison. Examinons l'origine des nouveaux philosophes, cette caste autodésignée, dont les idées toutes faites imprègnent la station. Ces anciens maoïstes, reconvertis dans le libéralisme à tous crins, parfois philosophes de père en fils... La CIA, Goldman Sachs, la bande Bilderberg, doivent être satisfait du travail de ses braves serviteurs. Petits marquis de la pensée couchée. Couché c'est moins fatigant, moins risqué, pour leur promotion, pour la garniture de leur compte en banque. Dieu peut se réjouir de l'emprise de ses élus sur nos ondes nationales. Si le gus inventeur de Dieu avait déposé le brevet, avec extension à tout ce qui ressemble, comme

En marche vers la décrépitude

le font, pour les principes actifs des médicaments, les multinationales de la pharmacie, le gus pourrait racheter la dette de tous les pays de l'OCDE.

Dans mon bain, entre deux réflexions sur le nombre d'univers, leurs imbrications, sur les origines multiples possibles des humains, celles terrestres, extraterrestres, voire de plus loin, sans que cela se traduise par une notion de hiérarchie. Je considère l'origine unique et la théorie du big bang comme un dogme religieux, cette terre plate de nos siècles actuels. Le séquençage du génome humain montrera des apports différents. Le dogme va petit à petit s'effondrer. Nos tenants d'une origine unique et en même temps de l'enrichissement du métissage vont pouvoir résoudre leurs contradictions. Une seule origine, idée enfoncée dans les crânes par nos antiracistes, ces humanistes imposant la seule vision de civilisation acceptable, la leur, ne tolérant aucune possibilité pour les autres civilisations, les niant. Cette putain de vision d'une pseudo-démocratie privilégiant les élites "sachantes" au détriment du peuple maintenu ignorant. Ils imposent cette norme aux autres à coups de fusil, de canons, de bombes au phosphore, thermonucléaires, et autres moyens festifs d'emporter le morceau. Avec eux la discussion n'enrichit que les marchands de canons!

Trempant, flottant, je fulminais contre la vision droitière et veule des chroniqueurs de France-Inter. Naïf comme un électeur de base, à cette époque, je croyais encore possible de changer le monde. C'est beau la jeunesse d'esprit. Espérer encore dans la voix des urnes, à la modification possible de l'imposture de démocratie imposée, à toutes ces conneries qui nous font croire que le monde virtuel décrit est celui dans lequel nous vivons. Un jour pour déconner, je poserais la

En marche vers la décrépitude

question qui fâche: où sont investis les milliards de la drogue, de la prostitution, du racket, de la corruption, de l'évasion fiscale... Que contrôlent-ils... qui contrôlent-ils? Bonne question! Vive le marché!
Poil aux pieds!
En chemin pour le bain, soudain mes jambes ont refusé de me soutenir. En temps normal, ce ne sont pas des bosseuses, partisanes du moindre effort, j'ai réussi leur éducation, des fans de Churchill et de sa philosophie,
"No Sport",
mais là, elles ne voulaient vraiment plus rien foutre, même marcher tranquillement.
Mettre un pas devant l'autre... plus possible.
Me porter, me maintenir debout... hors de leurs forces.
Je me suis senti rapetissé.
Je n'avais plus d'os dans les cuisses.
Sur le sol je me suis affaissé, flasque, méduse échouée abandonnée par la marée.
Mon cerveau, constatant une raréfaction de l'oxygène mis à sa disposition, est devenu moins partageur, il a joué les égoïstes. Il s'est comporté en capitaliste. Chacun pour soi, c'est son urgence. Charité bien ordonnée, il a modifié ma circulation à son profit. Il s'est approprié le carburant transporté par mes hématies. Tout cela, au détriment de mes guitares. Faute d'énergie disponible, inondées d'acide lactique, pour protester, elles se sont mises en grève. Chuck Berry, crazy legs, mes guiboles ne connaissaient plus.
Ne pouvant plus arquer, plus mettre un pas devant l'autre, devenu rampant, me traînant par terre, tel le serpent auquel Dieu venait de couper les pattes, pour une sombre histoire de pomme bourrée de savoir. Le gus divin n'est pas

En marche vers la décrépitude

adepte de l'émancipation, son pouvoir se conserve par l'ignorance de ses ouailles. Moi, lentement, à force d'efforts, entrecoupés de pauses de plus en plus nombreuses, j'ai tenté de parcourir les quarante mètres me permettant d'atteindre ma cuisine.

J'ai échoué à une porte, à deux mètres du but.

Plus la force de crier.

De ma bouche ne sortait qu'un murmure, un râle.

Sur le carrelage de l'arrière-cuisine, Joëlle m'a découvert étendu, respirant de plus en plus vite. Un réflexe, un automatisme, un mode survie activé.

Dans ma tête c'était clair, je vivais mes derniers instants, le moment de tirer ma révérence venait d'arriver.

Terminus, tout le monde descend! Au-delà de cette limite les tickets de ma vie ne sont plus valables.

Avant de partir pour les vertes prairies, à Joëlle, je voulais pouvoir dire au revoir. C'est important, à la femme qui partage ma vie, qui me supporte avec courage depuis tant d'années, je dois cette dernière politesse. Ne pas m'éclipser sans la saluer, la remercier, l'embrasser une dernière fois.

Sur mon acte de décès j'imaginais le toubib inscrire: mort par rupture d'anévrisme ou un truc du genre, enfin du sérieux, du létal, quelque chose de tendance, moins convenu que mort d'une longue maladie. Cette putain de phrase te classe illico dans le camp de ceux ayant peur des mots. Des autruches, des louvoyeurs, des faux-culs.

Je n'avais aucune expérience de la chose terminale. J'étais tout à fait novice sur l'interprétation des symptômes me conduisant à passer l'arme à gauche. Je n'avais en fait aucune certitude sur la cause de mon trépas. La seule chose dont j'étais certain, c'est d'être en train de calencher.

En marche vers la décrépitude

J'entrevoyais une chance d'obtenir enfin une réponse aux fameuses questions:
mourir est-il douloureux?
combien de temps cela prend-il?
y a-t-il quelque chose après la vie?
Des asticots indiscrets écoutant mes réflexions, se dressèrent comme un seul ver pour me crier:
à ta dernière question camarade, la réponse est oui, il y a nous, nous allons te grignoter, te boulotter, t'aspirer, te digérer! Concernant les deux autres questions, ça dépend.
La douleur, le temps nécessaire pour partir, est fonction de la cause de ton trépas.
Après ta vie, réincarnation ou pas, c'est à toi de voir, suivant tes croyances, de ce que tu mets dans le quelque chose. Tes molécules resteront, se transformeront sur le principe de rien ne se crée, rien ne se perd, tout se transforme. Les ondes émises par ton cerveau partiront à la conquête des univers en se dissolvant dans son immensité. Si tu es adepte de l'homéopathie, tu peux croire en leur pérennité. Tu serais le seul à y croire vraiment! Essaye de payer le laboratoire en faisant la promotion, avec une dilution infinitésimale d'un billet de 10 €. S'il accepte le payement en liquide, dans une bouteille, il prouvera croire en son truc. En cas de refus, s'il préfère le billet entier, dis-toi que sa croyance est à dose homéopathique... CQFD.
Putain, des asticots Normands, pe't être bin que oui, pe't être bin que non.
Que font-ils en haute Saintonge?
Une fois l'émetteur cérébral éteint, que deviendront mes ondes?
Trouveront-elles un récepteur pour les décoder?
Une ou des civilisations lointaines?

En marche vers la décrépitude

À quelles distances sont-elles, en années-lumière.
Combien de millions d'années seront nécessaires pour parvenir jusqu'à elles?
Mes ondes cérébrales, les seules choses vibrantes, c'est scientifiquement prouvées, elles resteront après moi. Parcourant les univers à la recherche de récepteurs, c'est ma conviction, n'en déplaise aux asticots. Dans ces autres galaxies, le sens de l'humour sera présent. Je l'espère. S'ils prennent les pensées de mes ondes au premier degré, sans humour, sans le recul nécessaire, ils risquent de venir casser la gueule des futurs maîtres de notre pauvre planète.
　　　Les ondes de ceux qui m'ont précédé dans le dernier voyage terrestre, sont-elles accueillantes?
Y a-t-il un bizutage pour entrer dans la bande, comme le passage de l'esprit au cirage? Pour faire pendant à celui des colonies de vacances, où c'était plus prosaïquement, la bite qui se faisait cirer.
Il faut rester positif!
Je pensais à une phrase de mon grand-père Pierre René. Paysan, violoniste, accompagnant parfois Goulebenéze, le poète du patois saintongeais. Ce grand-père maternel, un homme libre et philosophe à ses heures.
"Pour mourir, si tout va bien, il ne faut pas longtemps".
Puisse-t-il dire vrai. Je n'ai qu'une seule crainte, une seule peur: la souffrance!
S'endormir doucement, apaisé, comme je l'ai vécu lors de mes anesthésies générales, ne plus se réveiller... Le rêve!
　　　Je me persuadais, mon moment se présentait, j'avais épuisé mes crédits de vie, j'allais partir rejoindre mon père, mes grands-pères. Connaître enfin la longue liste de mes ancêtres, en remontant jusqu'à Adam, Eve, Lilith, au temps où

En marche vers la décrépitude

les serpents possédaient encore des pattes, juste avant leurs transformations en culs-de-jatte, par le grand barbu sadique, le tout-puissant. Celui décrit dans ce livre imaginé par tant de mains, la Bible. Punition extrême pour avoir voulu partager le savoir... Il leur supprime les arpions, pour leur faire goûter à la joie de ramper en mangeant la poussière. Le créateur, pour ses sbires, est adepte d'humiliations.

Apaisé, j'ai retiré mes lunettes, elles me blessaient le nez. La cause, ma tête appuyée sur le carrelage.

Je me préparais psychologiquement pour attendre la traversée du tunnel lumineux. Pour voir de près la réalité de toutes ces conneries, racontées par certains, pour faire leurs intéressants.

Pas de chance, mon expérience de mort imminente, comme un con, j'ai dû la faire un jour de grève de l'électricité! Autres hypothèses:
-par un farceur, les spots du tunnel avaient été débranchés?
-les ampoules grillées étaient restées en place, victimes des restrictions budgétaires.
Putain d'Europe Bruxelloise, avec ses 3% maximum de déficit.

Digressons quelques instants sur ce sujet amusant. Les chômeurs revendiquent moins que des ouvriers ayant la sécurité du travail. Les états se dotent d'une banque centrale privée, dont le rôle est d'émettre de la monnaie fiduciaire en quantité suffisante pour permettre une inflation maintenue au maximum à 2%. Lorsque les États battaient leur monnaie, en dehors d'assurer le plein-emploi, l'une des raisons de l'inflation forte, une autre, la dévaluation permanente de la valeur de l'argent, pour reprendre en douceur au peuple le progrès social obtenu par les luttes, les grèves, les négociations syndicales, parfois le sang versé. Plus les hausses de salaires étaient élevées,

En marche vers la décrépitude

plus les taxes et l'inflation grimpaient en flèche. Le bilan devait rester défavorable pour le salarié, cet esclave se croyant affranchi. Maintenant "le marché" veille à une inflation faible par un chômage de masse, occasionnant la baisse constante des salaires et calmant la revendication. Pour survivre, le travailleur doit améliorer sa productivité, en même temps, pour employer une expression faisant florès il doit aussi travailler plus s'il veut pouvoir payer ses factures, et ses impôts servant à rembourser les intérêts de la dette inventée à cet usage. La réduction du temps de travail gagnée au cours du siècle passé par la lutte de ses aïeux se voit remise en cause par le travailleur lui-même. Contraint, s'il veut manger à sa faim. Normal de se faire baiser par le capital... en regard du choix des salariés dont on a bourré le mou pour leur faire élire "démocratiquement" les gus devant les exploiter. Putain qu'elle est belle notre démocratie.
Rappelle-moi ce que veut dire être con, ou ignorant... ou devenir con par ignorance induite...
Pyrrhus roi des Molosses, si tu nous entends.
Cet argent papier basé, depuis l'abandon de l'étalon or, sur aucune contre-partie, la banque centrale l'offre aux autres banques privées. Grâce à cette disposition, elles dirigent le monde, prêtent cette monnaie, gratuite pour eux, aux États moyennant intérêts. L'objectif est de rançonner les peuples, taillables et corvéables, de leur reprendre par moult impôts les maigres avancées salariales obtenus par la lutte sociale de leurs ainés. Devenus sans couilles, abêtis, la tête digitalisée, ils se laissent dépouiller... Cet argent, à son émission, n'a aucune valeur dans le système fiduciaire. Pour en acquérir, il est obligatoire de l'injecter dans les circuits économiques, le prêter pour le faire "travailler". (Expression des exploiteurs qui traduit

En marche vers la décrépitude

bien la considération pour le prolétaire produisant la richesse, donnant de la valeur à son papier-monnaie). **Le travail de celui produisant la richesse permet de rembourser les intérêts de la dette, il donne une valeur aux tirages de la planche à billets. La banque centrale doit également émettre de la monnaie pour compenser l'argent immobilisé, dormant dans différents bas de laine, sorti des circuits en devenant sale...** celui ayant quitté l'économie officielle pour les circuits parallèles de la drogue et autres trafics. Il est nécessaire d'éviter la raréfaction de la monnaie, partant une montée contreproductive de sa valeur.
Ce qui est rare est cher!

Pour garder leur compétitivité économique, les pays doivent voir baisser en permanence la valeur d'échange de leur monnaie. L'inflation est la fuite en avant obligatoire du système capitaliste pour sa survie. La déflation c'est sa mort. Capitaliste, écologie, survie de l'humanité sont incompatibles... (la planète, elle survivra, dira même bon débarras) **Le théorème découvert par le naïf Nicolas Hulot. Ce guignol écologiste à cheveux gras, dans son bilan carbone compte: deux "Paris Dakkar" à bord de gros 4X4 diesels, des déplacements en hélicoptère de sa résidence de Rambouillet aux studios de TF1, avec Dominique Cantien sa compagne d'alors.** (Mémoires de cette dernière)

Monde du foutage de gueule, avec Marie, je vous salue.
Poil au cul!

Ces écolos de mes deux, pour faire chier le populo, taxent et retaxent son seul moyen de se rendre sur les lieux de boulot, son diesel. Chassé loin des villes où il dénote, par la spéculation foncière enrichissant le capitalo, le populo n'a pas de métro pour se rendre de son dodo à son boulot, de son clapier chez son négrier. Diésel privilégié par: les bonus

En marche vers la décrépitude

gouvernementaux, la plus faible consommation et émission de gaz à effet de serre, le prix des carburants. Si avec tout ça il n'en avait pas acheté... Merci Peugeot, merci Renault... Maintenant le prolo est culpabilisé par l'écolo des villes en vison synthétique, ceux vivant dans la nature virtuelle de leur imaginaire. Par contre, ces défenseurs de la planète, celle se trouvant juste au bout de leurs doigts de pieds, restent muets sur les bateaux porte-containeurs polluant plus que toute la bagnolerie mondiale, nos rigolos tout verts. Seize de nos plus grands navires, par le soufre, polluent autant que 800 millions de voitures. Il y a près de 100 000 navires sur les océans, ils brûlent du fioul de soute, le plus polluant qui soit. Il contient 4500 fois plus de souffre que le carburant des automobiles. . Alors les prolos, achetez des portes-containeurs pour venir au boulot, de ceux qui nous livrent les panneaux photovoltaïques Chinois et tous les biens de nos usines délocalisées, ne faites plus chier l'écolo avec vos petites voitures. Pour vous faire toucher du doigt le foutage de gueule, le trafic aérien au kérosène non taxé est prévu d'être doublé... Un gentil gros navion qui vole ça pollue comme combien de vilaines petites nautos? Vive le capitalisme, vive les écolos idiots utiles des milliardaires.

Revenons à mon expérience de soi-disant mort imminente. De lumière dans le tunnel, pas le moindre photon, même pas celle d'une lampe de poche terminant d'épuiser sa batterie. Le tunnel lui-même n'avait pas été creusé.
Que nenni, nada, que dalle.
Je me suis fait la réflexion: de ne pas faire le moindre effort pour m'accueillir, ne pas mettre en route le minimum de décors, c'est des coups à me dissuader de me pointer chez eux.

La mort te semble moins attirante, moins festive, si les

En marche vers la décrépitude

organisateurs ne se donnent pas un peu de mal pour l'accueil, si tu le sens froid. Déjà, toi mort, tu n'es pas très chaud, alors autour de toi, un peu de chaleur que diable ce ne sera pas l'enfer!
Toute la frime de passage chez les morts, les sons et lumières, l'immense clarté purificatrice accompagnée de la musique céleste, celle réjouissant les tympans, à qui est-ce réservé?
Le suprême s'est-il converti au libéralisme. A-t-il ses favorisés, ses élus, une fois de plus?
Tout le décorum pour quelques privilégiés choisis, le mépris pour les sans grade, dotés ou non de dents?
Putain, heureusement, j'aurais l'éternité pour essayer de modifier tout ça.
Attends, j'arrive, tu vas en avoir des manifs, des boycotts, des sabotages, des grèves, des révolutions, toi le représenté barbu! Je vais t'y foutre la zone dans ton putain de ciel. Voilà, la fièvre revendicative me reviens, je me refais le coup de la naïveté céleste, encore une fois...

Pour ce passage dans le monde des enfers de la mythologie grecque, il me faut l'avouer, question souffrances, j'étais agréablement surpris. Tout se passait calmement. Aucune douleur, aucune angoisse. Je ne sentais rien. La sérénité. J'étais apaisé, n'avais même plus envie de gueuler contre cette injustice, cette humiliation extrême, me piquer la vie avant d'avoir pu prendre mon bain. Arriver au ciel avec l'odeur forte de la nuit restée sur la peau. Putain je vais me pointer en dégueulasse devant l'humanité entière, toute celle qui m'a précédé depuis les origines de l'homme, depuis son invention de l'au-delà religieux.

L'au-delà divin, cette récompense pour persuader le sauvage de se civiliser, d'accepter des hiérarchies, des valeurs,

En marche vers la décrépitude

de créer une civilisation, les bases du capitalisme libéral...
En d'autres temps j'aurais fait un esclandre.
Un départ en douceur. S'abstraire des contingences. Mourir comme ça, dans un linceul doux comme lavé avec un super adoucisseur, ça te donnerait presque envie. Limite si tu ne te demandes pas pourquoi tu ne l'as pas tenté plus tôt ce putain de voyage.

En marche vers la décrépitude

Chapitre 4

La résurrection.

Joëlle me découvrit étendu sur le sol. Fort peu doué pour la natation, pratiquant uniquement la brasse en marche arrière, et encore, sur de courtes distances. Si peu doué dans l'exercice, je faisais rire les poissons. Pour ceux dont le mimétisme les confondait avec le sable ou les rochers de leur environnement immédiat, un danger ce rire! Ils tressautaient, devenaient visibles à leurs prédateurs.
Viens, nage à ta façon, que nous puissions bouffer du camouflé, me criaient hilares ces derniers.
Joëlle comprit tout de suite que je n'essayais pas de perfectionner ma pratique de la planche, ni de la brasse en marche arrière, mes deux seules disciplines maîtrisées en natation. Malgré un coefficient de marée de 115, l'heure de la pleine mer, il n'y avait pas une seule goutte d'eau sous moi. Certes, j'avais l'habitude de faire trempette dans les endroits où j'avais pied, j'évitais également l'immersion si la température de l'élément liquide n'atteignait pas les 38°C. Aucunes, des deux conditions, n'était réunie. Pas une goutte d'eau salée. Rassurant, je ne m'étais pas pissé dessus. Joëlle ne fut pas dupe, elle comprit de suite la situation. Je ne cherchais

En marche vers la décrépitude

pas à taquiner les animaux marins.
Elle donna l'alerte.
Composa le 15.
La sonnerie retentit au QG des sauveteurs.
Elle fut identifiée, écoutée, puis interrogée.
Des questions précises lui furent posées.
Ses réponses devaient être justes pour gagner un déplacement de la voiture qui fait pimpon dans une débauche de girophares.
Elle devait se concentrer, s'appliquer.
Le téléphone d'une main, répondant au médecin régulateur, de l'autre elle venait effectuer les gestes demandés, me pressait ici, regardait là, transmettait les résultats.
La communication se coupait sans arrêt.
Téléphone sans fil trop loin de sa base.
Murs de pierres trop épais de cette ancienne ferme où nous habitons.
Une fois, deux fois, trois fois, quatre fois... va-et-vient... rappels... réponses...
Joëlle finit par expliquer au toubib que c'était sérieux, comme un schtroumpf, je devenais bleu.
Il devait être fan de Peyo, l'évocation des schtroumpfs, à Jo (Joëlle), fit marquer les derniers points. Ses efforts furent récompensés. Elle décrocha la timbale, le fameux Graal! Les secours furent autorisés à venir.
Hip hip hip, pimpon.   Le SAMU arriva toutes sirènes hurlantes. Des gus descendirent du véhicule. Tous en blanc, avec dans le dos "SAMU 16" en lettres bleues.
Des valises, un brancard, un masque, une bouteille d'oxygène.
                    Là, tu te dis que c'est du sérieux. Les gars sont des pros. Ce devait être le même genre d'équipe pour

Cancers et métastases   Il faut savoir sourire de tout

En marche vers la décrépitude

ressusciter le fils de la veuve de Naïm, la fille de Jaïrus, Lazare, Jésus. J'étais entre de bonnes mains.

Une question me traversa l'esprit au sujet des ressuscités... Dans toutes les circonstances j'ai besoin de me marrer. À ma naissance la fée de la déconne s'était penchée sur mon berceau... Elle avait eu le geste généreux.
Jésus était-il à jour de sa vaccination antitétanique?
Le mec né dans une étable sans personnel médical, question hygiène, tu peux trouver mieux. Il n'avait, à ma connaissance, pas fait son service militaire. Dans ces conditions, question mise à jour de ses vaccinations il devait y avoir comme des lacunes...
Rendre à la vie un mec qui va se choper le tétanos dans la foulée, ça craint un max! C'est, limite désespérant.
Imagine la scène du gus sur son bout de bois. Les clous rouillés maintenant ses membres ont de grandes chances d'être souillés par le clostridium tetani. Ferraille plantée par des gougnafiers incultes sans la moindre notion d'hygiène. Clous transperçant ses pognes, ses pieds, au malheureux gus, soi-disant pour l'empêcher de glisser sur le bout de bois où ils l'avaient posé. Le but, éviter que le gus s'enfonce des échardes entre peau et chair, là où c'est le plus douloureux. Il n'y a pas pire pour te contaminer. Parfois avec une simple épine de rosier, le tétanos, tu peux te le choper, alors avec des clous de Romains, même pas désinfectés...

Imagine le changement pour la symbolique de cette religion. Le mec en croix, mi-dénudé pour la touche de sensualité excitant la grenouille de bénitier, posant bien symétrique, proportionné, pour que ça fasse joli lorsque tu portes sa représentation à l'échelle réduite, en collier ou boucles d'oreilles, remplacée par un gus tétanisé en opisthotonos... Si pour corser la chose ses contractions

En marche vers la décrépitude

musculaires le faisaient bander... Avec le tétanos tu peux t'attendre à tout! Les églises changeraient de clientèle, le crucifix deviendrait godemichet. "Gode" Shave The Queen! Il n'y a pas que Dieu pour donner du plaisir.

Remarque, question objet utile, le petit Jésus priapique en opisthotonos pour un modèle de tire-bouchons, en lui vrillant la queue... Une idée à développer.
Penser à un modèle à vrille inverse, pour les gauchers.

Le médecin de la voiture qui fait pimponpimp se pencha sur moi. Il fit un rapide état des lieux. Comme la maladie du schtroumpf ne figurait pas à sa nomenclature, il resta dans le conventionnel.
Diagnostique:

mec tout bleu = embolie pulmonaire.

Qui dit embolie, dit tuyaux bouchés. Si les tuyaux restent bouchés, le sang fait pour circuler, contraint, reste immobile, l'oxygène manque aux organes, à la bidoche, la vie s'enfuit.

Il demanda à un assistant de préparer le matériel pour une injection. Il voulait au minimum limiter la formation des caillots, inhiber le phénomène de coagulation interne. Je savais la présence d'une composante active, en quantité suffisante dans mon sang, nécessaire pour rendre efficace la molécule à m'injecter. Lorsque tu as la coagulation qui merde, il te faut trouver le pourquoi, savoir quel est le facteur absent ou celui activé chamboulant l'équilibre. Je lui demandais de me prélever un tube de plasma, de prescrire un dosage d'AT III. De le faire impérativement avant de m'injecter leur dose d'héparine. L'héparine une fois liée à mes molécules d'antithrombine, rendrait impossible le dosage. Le toubib me prit pour un emmerdeur, ou un fou, ou les deux au minimum. Un patient dans mon état ferme sa gueule. Il n'a pas à la

Cancers et métastases   78 Il faut savoir sourire de tout

En marche vers la décrépitude

ramener. L'équipe, des gus spécialisés, vient pour me sauver la vie, du moins elle essaie, alors, futur client à l'autopsie je n'ai pas à faire le mariole. Je ne dois pas venir faire chier mon monde, encore moins donner des ordres, ramener ma science. Ce médecin spécialiste de la résurrection, pour me clouer le bec, je m'attendais à ce qu'il m'assène une réplique du genre: Jésus lui, n'avait pas ramené sa fraise, pourtant ce n'était pas n'importe qui! Pour Henri III, je ne suis pas certain, lui il se montait le cou, aimait bien la porter. Henri III avait-il pensé à appeler le SAMU après son agression. Ce couteau qu'un moine lui planta dans le bide? Comme distractions, sous Henri III, les ensoutanés ne se limitaient pas à enfiler la rondelle des enfants de Marie. Ils se passionnaient aussi pour le Hara-Kiri. Jésus donc, n'aurait rien conseillé à son réanimateur, et pour cause... À aucun moment, dans la Bible, il n'est précisé son assiduité à suivre des cours d'hémostase. Tout Jésus qu'il était, en coagulation, le bâtard chevelu ne touchait pas sa bille. Il confondait la voie intrinsèque et la voie extrinsèque. À trainer avec ses copains, des mecs du genre pas studieux, plus prompts à faire les cons sur des bouts de bois, que de se pencher sur les mystères des cascades de l'hémostase ou le cycle de l'acide citrique. Le genre de gars juste bons à te faire des tours de prestidigitation ordinaires, te multiplier les pains en dehors des boulangeries, transformer l'eau en de la bibine même pas référencée par le guide Hachette. Des ignares plus doués pour la ripaille à treize autour d'une table que pour t'expliquer l'oxydation des groupes "acétyle" chez les aérobies.

        Encore lucide, je demandais, au gus penché sur moi, de ne rien tenter pour me sauver la vie si, suite à ce manque d'oxygène, je devais avoir le cerveau diminué. Si en survivant je risquais de devenir encore plus con. Je n'avais

En marche vers la décrépitude

pas envie de voir les sujets référencés par la botanique me devancer question QI. Pas envie de concourir contre les philodendrons, les pissenlits, voire des plantes encore plus "bas de plafond".
Au-delà de cette limite, les cerveaux ne sont plus valides. Devenir moitié légume, moitié électeur. Là, le plus couillon des deux n'est pas toujours celui imaginé. L'électeur, ce benêt à tropisme urnaire passe sa vie à se faire entuber, à croire en des promesses jamais tenues, à se refaire la virginité de la crédulité à chaque élection.
Élections, pièges à cons, c'est une réalité dans nos pseudo-démocraties. D'avance tout est écrit... Si tu déroges, par naïveté, folie, mégalomanie, ils ont vite fait de tout remettre à leurs normes.
On est, on est, on est champions.
Champions de connerie oui!
		Je me trouvais déjà limite, d'un point de vue intellectuel. Je m'estime d'ailleurs en possession d'un potentiel suffisant de connerie. En ajouter serait du gâchis. Je l'ai assez démontré au cours de ma vie, me semble-t-il.
		Certaines ou certains, veulent se faire greffer des tas de trucs, raboter le bide, les cuisses, augmenter le volume des boîtes à lait, les presses à cravates de notaire, gonfler les "repose-mains-au-cul", aspirer le saindoux, siliconer les pommettes, hyaluroniser les roules galoches pour les transformer en pompes à turlutes, (puis dénoncent les pris aux pièges sur les réseaux sociaux) botoxer plus que de raison tout ce qui bouge, se ride, se creuse, pour essayer d'améliorer leur esthétique... Ressembler à de la chimère improbable. Le bénéfice ne saute pas toujours aux yeux. Parfois, pour ne pas dire souvent, le résultat te provoque la gerbe. Il y a beaucoup

Cancers et métastases				Il faut savoir sourire de tout

En marche vers la décrépitude

d'actrices dont regarder la tronche sur grand écran me fout le malaise, devient pour moi une épreuve. Tu ne vois plus de l'humain, juste de la synthèse créée par de l'apprenti sorcier n'ayant pas le niveau. Des gus à peine recalés en découpe de l'appendoc, ils se ruent sur l'esthétique pour accéder plus rapidement à la Ferrari, la Porsche, la Bugatti. Tu te retrouves face aux résultats de leurs essais, de quelque chose de si laid... Dieu, en colère, bourré comme un Breton à ascendance Polonaise, n'aurait pas osé le créer. Picoler comme un Breton, un Polonais, sont des légendes urbaines, certainement. Pour faire comprendre, c'est une image qui parle au lecteur. Rock Star ça picole aussi, écrivain génial, bien souvent également, les grands bourgeois eux ne crachent pas dessus, leurs pince-fesses en attestent... J'aurais plus vite fait de citer ceux qui ne picolent pas... Les tristes, les sérieux, les chiants.
Question abomination dans les chirurgiquées, as-tu pu observer, sans détourner le regard, la tronche de Donatella Versace?
Devant le résultat, tu vas jusqu'à remettre en doute ton hétérosexualité.
Même en la regardant à travers le prisme de ses billets de banque, mes yeux se ferment, je manque de courage. Avec l'âge, j'ai la sensiblerie imaginative, je vois les phases de charcutages pour arriver à une telle monstruosité.
                Il doit y avoir une explication pour justifier cette perversité des charcuteurs de l'esthétique, dotés de bistouris. Soit, la donzelle avait collé une MST à son chirurgien en monstruosité, une de celles où tu te retiens de pisser tellement la douleur est insoutenable... Le gus a eu le gland devenu chou-fleur, il pissait des lames de rasoir, celles à l'ancienne, utilisées pour s'entailler les veines, parfois à se raser

En marche vers la décrépitude

la tronche, ou les dessous-de-bras et les guitares... pas de celles de maintenant, celles se déplaçant en bandes, par deux, trois ou quatre. Le gus s'est vengé sur sa gueule, li l'a transformée en gargouille. Dans les parages de Notre-Dame, sa présence est fortement déconseillée pendant les travaux de restauration. Autre possibilité, pour arriver à ce résultat, elle ferait partie des services secrets et servirait d'épouvantail pour dissuader les ennemis d'approcher. Elle fait même peur aux extraterrestres. C'est une réussite question d'efficacité, je n'en vois plus un seul. J.C. Juncker, le président de notre fameuse commission Européenne, reste le seul, d'après ses dires, à discuter directement avec eux. Pour établir le contact, chaque matin il débute sa journée par un grand bol de whisky, et alimente le récepteur le reste de la journée.

Moi, question chirurgie, c'est d'un cerveau de génie dont je rêve... pour me permettre de comprendre Albert Einstein, NikolaTesla, Évariste Galois et toutes les tronches de ceux qui ne sont pas nés pour rien...
C'est beau de rêver!
Le rêve est à l'homme ce que le pantalon est à l'âne de l'île de Ré.

Poser la question sur l'utilité de ma réanimation, dans un moment pareil, surprit les gus marqués "SAMU 16". Ils me demandèrent comment pouvaient-ils juger de la diminution de mes capacités cérébrales, ne me connaissant pas avant.
C'est vrai, même si nous nous étions croisés dans les allées du supermarché, poussant nos caddies emplis de rouleaux de réglisse et de chamallows, nous ne nous étions jamais présentés.
Hasard ou nécessité? (Les supermarchés répondent à la demande du toujours moins cher imposé par le chômage de masse créé par

En marche vers la décrépitude

l'inflation réduite au minimum. Ils participent à éliminer les petits commerces des centres-villes, chassant la population laborieuse. L'idée générale du libéralisme, concentré toute la populace dans la périphérie de quelques mégalopoles pour limiter les frais de gestion des populations et les rendre complètement dépendantes. C'est en marche, dans les campagnes, interdiction d'abattre pour sa consommation personnelle cochons, veaux, moutons, abattoirs obligatoires, puis petit à petit, éliminer les paysans et les Ruraux compensant leurs maigres salaires par le jardinage et le petit élevage. Ne laisser pour les cultures que quelques hobereaux et des automates. Un peuple n'ayant plus aucune ressource pour s'en sortir, est plus docile, il ne lui reste que le deal pour enrichir ses maîtres et lui niquer la tête)
Vif d'esprit, malgré la situation, je répondis:
C'est simple, si à un moment j'exprimais ma volonté de voter contre mes intérêts, de chier un bulletin de droite dans l'urne à merde, au lieu de m'en servir pour me torcher le cul, si je pensais que les socialistes étaient des mecs sincères, de gauche, défendant les intérêts du peuple, et non d'anciens opportunistes trotskistes dévoyés cherchant à faire carrière, vendus aux marchés, si j'imaginais qu'une vraie république démocratique pouvait s'imposer en France sans que le capital international ne vienne remettre son ordre. Si encore, plus en souffrance cérébrale, je devenais supporteur de football, si je scandais comme un robot échappant à tous contrôles:
"on est, on est, on est champions"
comme les boeufs de 1998 souillants les Champs Élysées. Ce seront les signes évidents que mes neurones sont niqués. De mon manque de jugement. Dans ce cas une seule solution, il faudra d'urgence m'euthanasier! Je signerais là mon bon à abattre! Vous pourrez appeler le camion de l'équarrissage!

En marche vers la décrépitude

"On est champions"...
Putain de phrase, peu de mots pour voir le niveau.
Tu as honte de l'avouer, toi aussi tu es Français...
                Pas lavé, hirsute, dans l'ambulance ils m'embarquèrent.
En route vers l'hôpital. Nous voilà lancés sur la route, entourés de pimpons.
Arrivée aux urgences. Brancards, les roulettes se déplient, la dépression pneumatique ouvre les portes, attente dans le sas, allongé sur la civière.
Prises de sang, analyses biologiques,.
Toujours oxygéné, j'attends sans ronger mon frein. Sans frein je risquais de dévaler la pente me conduisant à ma fin. Je patientais n'ayant rien d'autre à faire. D'où le nom de patient que la médecine nous attribue. Pendant cette durée, à l'un des brancardiers, des personnels passaient leurs commandes de sacs de cinquante kilos de pommes de terre.
Sectaire ou timide, ou me voyant sans argent sur moi, vu mon état, le gus trouvait trop risqué de me faire crédit. Ce n'était pas de l'argent que j'avais présentement dans les bourses, allongé sur ma civière à attendre les décisions....
 L'expression ça me gonfle vient certainement de là.
Tout ce que je sais, c'est que de patates, il ne m'en proposa pas!
Puis arrivèrent les résultats des analyses.
Je battais des records en taux de D-Dimères.
S'il y avait eu un ultra-libéral dans la pièce, flairant la bonne affaire, il aurait proposé de m'acheter pas cher, mes cinq ou six litres de sang, pour les transformer en réactifs, faire son beurre, en revendant très cher, mon sérum sous forme d'étalon et de contrôles élevés, aux fabricants de réactifs de biologie.
                    En regard de la gravité du bouchage de

En marche vers la décrépitude

toute ma tuyauterie, celle conduisant mes globules s'oxygéner aux poumons, mon transfert sur Bordeaux fut décidé. Je n'étais pas encore lavé, porteur des germes accumulés la veille, augmentant ceux passant leur vie sur moi, mes commensaux nécessaires à ma vie... mes loques souillées, pas encore renouvelées, me furent retirées. Mes microbes et mes miasmes devaient montrer pattes blanches pour se faire hospitaliser. Me voilà vite changé de tenue. Mon éternel bermuda, mon T-shirt, mon calbute, ma doudoune verte tout plastique, retirés du bout des doigts. S'ils avaient pu, se seraient servi de pincettes. Tu me vois changé de cache peau vite fait. Je me retrouve en tenue stérile d'hôpital. Un petit haut seyant en non tissé, celui s'attachant derrière, il me laisse respirer le fion. J'ai le visage masqué pour oxygéner mon peu de circulation dérivée.

Allongé dans la voiture sanitaire, le cul à l'air, bien que sans réel effet sur ma ventilation pulmonaire, tressautant au moindre cahot sur le brancard, j'ai traversé villages et villes, parcourant les quatre-vingts kilomètres me séparant de la salle de réanimation de la clinique Saint-Augustin de Bordeaux.

Dans l'ambulance ils sont deux, un homme conduit, une jeune femme assise à ma tête. Elle me parle de temps en temps, lorsqu'elle arrive à quitter son téléphone des yeux, à retirer ses pouces de l'écran. Elle doit périodiquement vérifier que je reste vivant. Si, chemin faisant, je passais l'arme à gauche, l'ambulance changerait d'attribution, elle se transformerait en corbillard. Comme la citrouille en carrosse avant minuit. Mes deux accompagnateurs, d'ambulanciers, seraient rétrogradés au statut de croque-morts.

Seraient-ils obligés de repeindre

En marche vers la décrépitude

l'ambulance en noir, d'installer un système de refroidissement pour suivre les règlements du transport de viande froide? Si oui, d'un point de vue professionnel, ma mort en ferait même des polyvalents. Peintres, conducteurs de frigorifique et croque-morts. Pour éviter ça, elle m'interroge sans vraiment écouter mes réponses. Il lui suffit de m'entendre émettre des sons, pour penser: il est toujours de ce monde, il n'a pas claqué.
Tout va aussi bien que possible, lui réponds-je.
Elle s'en fout, tous les jours elle est confrontée à des clients hésitant entre vivre et partir. Quelques-uns profitent du voyage offert pour décider: c'est mon dernier. Elle s'est blindé, pour ne pas déprimer, réflexe de défense. Normal.
Mon possible manque singulièrement d'ambition. Elle rassure son binôme, l'ambulance restera blanche, pourra faire pimpompimp, l'autoradio ne diffusera pas les marches funèbres de Mozart, Chopin, Beethoven, Wagner, Mahler.
Je leur fais part de ma réflexion. Je demande s'ils ont la peinture noire et le frigo en stock dans la voiture. Ils se marrent, me regardent avec curiosité. Si j'avais plus de souffle je leur chanterais ma version de Paint It Black.
I see a white car and i want it paint in black.
He drive an ambulance and I turn it into a hearse...
Le voyage est long!
Cela n'en finit pas!
Notre point commun, le voyage et moi.
Putain cette route!
It's à long way to Tipperary, non, moi c'est Bordeaux.
Mon transport, vers cette clinique pour me permettre de poursuivre ma vie, me parut une éternité.
Que c'est long de ne pas mourir!
Enfin, à la clinique, nous sommes arrivés.

Cancers et métastases 86 Il faut savoir sourire de tout

En marche vers la décrépitude

Des couloirs, roule ma poule, la civière, des échanges de paroles, de papiers, les nouveaux venus me regardent, m'examinent d'un oeil expert. Les anciens, mes convoyeurs sont contents, le marché est conclu. J'ai l'impression d'être vendu comme une voiture d'occasion. Intérieurement, je me marre. Les acheteurs se sont fait arnaquer... J'ai merdé mon contrôle technique, ma garantie est périmée, mon moteur est niqué, mes durites bouchées, ça part en couilles de tous les côtés.
Une première salle. Des examens de confirmation.
En urgence, les prélèvements pour le labo!
L'interne me pique ici, là, puis m'enfonce un cathéter dans l'aine, remonte ma tuyauterie, observe, c'est salement bouché. Bison futé aurait classé ça en journée noire pour les départs d'hématies. L'interne ressort le matériel exploratoire de ma cuisse, me compresse le point d'entrée... Une artère ne se bouche pas comme une veine, il y a de la pression. Malgré le point de compression, le boulot des plaquettes pour colmater le trou, mon petit plombier intérieur fait ce qu'il peut. Malgré tout je me vide un peu. Dès le lendemain je serais bleu du genou à l'ombilic. Je passerai ensuite par une féérie de couleurs, des violets, des bleus, des verts, des jaunes. J'ai l'hémorragie qui me démange, c'est toxique cette putain d'hémoglobine, aussitôt sortie de son emballage, les hématies, elle m'empoisonne la vie.

Changement de lieu, fouette cocher, "ça plane pour moi" scandait Lou Deprijck dans ma tête... Salle de débouchage!

L'infirmière, présente dans la salle spécialisée, calcula la dose à injecter. Dose qui dépendait de mon poids. Pas assez ça ne me débouche pas, trop, elle bousille

En marche vers la décrépitude

la tuyauterie, chaque petite blessure se rouvrirait, je pisserais le sang de partout à l'intérieur. Je ne sais pas si elle était en délicatesse avec le calcul mental, victime de fatigue, ou si elle me voyait plus léger que je ne l'étais... Le résultat de la multiplication, lui sembla faible. Il lui restait trop de liquide dans son flacon, plus que d'habitude. Je dus l'aider à quantifier la dose d'injection de streptokinase nécessaire pour dissoudre les bouchons de mes artères pulmonaires. Ces amas de fibrines, d'hématies, de plaquettes et tout un merdier pour former les caillots. Ils avaient barré la voie, mis des panneaux "on ne passe plus". Ils interdisaient au sang de venir s'oxygéner dans mes poumons. Le Destop dans les canalisations, me voilà en route pour la salle de réanimation. Je suis équipé de tuyaux de toutes sortes, de fils de plusieurs couleurs, tous ces trucs reliés à des machines super onéreuses, celles faisant bip bip, équipées d'écrans couleur où des "pacman" donnent ma pression, mon rythme cardiaque, mon taux d'oxygène. Bref, ils confirme mon état d'encore vivant .

   J'arrive dans une autre pièce où se trouvait déjà une femme, derrière un rideau. Une grande fumeuse, une grosse buveuse, je l'apprendrais après sa disparition. Au début, pour toute présentation, j'entendais son râle. J'essayais de voir sa tête, par un espace entre les rideaux la dissimulant. Je crois que c'était une femme de race grise, si mes yeux ne me trahissent pas. Je l'ai entendu par intermittence jusqu'au début de la nuit. Elle ne l'a pas terminée cette putain de nuit. Au début de sa fin, râles plus faibles, agitation, va-et-vient, arrivée d'un appareil de radiologie sur roulettes, nouvelles perfusions avec des tas de poches différentes, appareil mobile de dialyse, veines qui claquent, des "merde" proférés. Ça s'agitait, se croisait, gesticulait

En marche vers la décrépitude

fébrilement autour. Encore des allers et retours, des courses dans les couloirs, des sabots qui claquent sur le carrelage. Puis ces mots chuchotés, ils ne m'étaient pas destinés: "on la perd". Moments de plus grandes agitations, pas facile de fermer l'oeil dans ces conditions. D'un seul coup, le calme revint... Plus rien, un paravent pour remplacer les instruments sophistiqués qui n'en finissaient plus de faire bip-bip, avant ce long sifflement continu, vite interrompu..

    Vous ne l'avez pas perdue votre patiente, n'êtes pas observateurs, elle ne s'est pas sauvée, pas évaporée, pas montée au ciel, ni au rideau. Elle est là, derrière le paravent... Cherchez mieux les gars! Allez, allez, cherchez je vous indiquerais lorsque vous brûlerez... Je n'ai pas eu le temps de leur proposer mon jeu, sont tous partis sur la pointe des pieds, pour ne pas me réveiller. Trop tard les gars, j'ai les yeux ouverts, j'ai tout vu, tout entendu. Je vérifie si j'ai une étiquette avec mon nom dessus, au cas où ces pas soigneux viendraient à me perdre, moi aussi...

Mais j'anticipe. Remettons les boeufs devant la charrue.

    Je fus passé du brancard au lit, celui du milieu. J'en aurais préféré un à gauche, le plus à gauche possible, un symbole, ou un lit au milieu de nulle part, là c'était encore mieux. Des voisins vinrent occuper les lits latéraux. Des vieux déglingués de partout... Avec l'âge tout part en couille, les feed-back se grippent, la biologie merdouille, la mécanique rouille.

    La vieillesse est un naufrage avait dit le grand Charles. Je confirme, une des rares fois où j'ai partagé les idées d'un gaulliste.

Dans quelques années je serais passager de leur radeau. L'obsolescence programmée.

En marche vers la décrépitude

Quel est l'enculé de programmeur?
Qui choisit le temps et la vitesse de notre décomposition? Gaston, par ses sécrétions favorisant la thrombose, à ma deuxième embolie, quinze ans après la première, s'est tiré une balle dans le pied. Une embolie de trop pour rester discret. J'avais hérité d'un crabe suicidaire. Par ses tentatives avortées, de vivant il tentait de me métamorphoser en macchabée. Ce faisant, il hypothéquait son propre avenir, s'anéantissait lui-même, se privait à terme de sa lignée potentielle, avortait sa descendance, en se conduisant ainsi, ces turbulentes petites métastases ne verraient pas le jour.
Plus con que lui, tu meurs...
Lui présentement!

En marche vers la décrépitude

Chapitre 5

Le contrôle.

Aujourd'hui dans la salle d'attente, je suis propre comme un sou neuf, habillé. Presque tous mes cheveux regardent dans la même direction. Mon haleine fraîche doit beaucoup au dentifrice. Mes dents sans le moindre morceau de feuille de salade. J'ai même poussé la délicatesse jusqu'à me pulvériser sous les aisselles du produit qui te masque les phéromones. Comme nous disions jeunes enfants, du produit qui pue bon. Je luis, je torluis.
  Le rendez-vous était planifié depuis longtemps, c'est une simple vérification de routine, juste pour tamponner la feuille de:
"tout baigne, cancer parti, rognon ok, à la prochaine".
  Ma seule nouvelle contrainte depuis le divorce de Gaston et de mon rein gauche, la prescription indispensable d'anticoagulants pour garder mon INR sagement entre 2 et 3, jusqu'à ce que ma mort s'ensuive, avec en plus, pour faire bonne mesure, des diurétiques me faisant pisser plus que de raison et baisser ma tension. Une tension, perturbée par le trifouillage du rein et de la surrénale. Tu ajoutes à cette chimie apéritive, un bêta-bloquant pour me ralentir le rythme

En marche vers la décrépitude

cardiaque de trente pour cent... Avec ces conneries de coeur plus lent, de 90 battements au repos, je ne dépasse pas les 60, voire parfois moins. J'ai les globules qui circulent au limiteur, ma circulation sanguine garde le pied sur le frein. Ce n'est pas sans conséquence. J'avais toujours chaud, je portais des chemisettes hiver comme été. Maintenant j'ai les circuits au ralenti, je me caille les miches. Je supporte encore ma polaire alors que le mercure transpire à 25°C... Certainement une astuce pour me faire toucher du doigt qu'à soixante-dix balais passés, j'ai rejoint le camp des vieux qu'ont de l'âge. Dans ce monde des plus pour longtemps, j'y ai foutu un pied, le second ne va pas tarder, si je les laisse faire. Un véritable complot pour me sortir du jeu, ne pas rester mélangé aux actifs, je retarderais le mouvement. Ils s'évertuent à me faire entrevoir les délices de la vie communautaire carcérale dans ces mouroirs à vieux, moi qui suis d'un individualisme forcené, anti-communautariste comme pas deux. Mes deux pieds sur les freins de ma vie, vie dévalant la pente menant à la maison des postulants à la déchéance totale. Ces maisons closes de murs et de portes, surveillées, pour enfermer l'âge terminal qui perd sa raison. Maisons sur le mode économique de celles, où avant la repentance de Marthe Richard, on concentrait ses consoeurs tarifées de l'entrecuisse, pour le bonheur des actifs.

Déjà, les médias me préparaient psychologiquement. J'avais remarqué qu'à la télé, les publicitaires me ciblant avec mes congénères, puisqu'il n'y a plus que nous les vieux qui regardons parfois par habitude et désoeuvrement, sur ce genre d'écran LED, des encore plus vieux que nous se cramponnant à leur moment d'antenne, jacasser entre eux, recevoir des gus promus artistes qui leur doivent tout, faute certainement de talent. Ces morpions plus agrippés que sur un pubis

En marche vers la décrépitude

hirsutitique à leur tranche de programme, se croyant dépositaires d'une morale exemplaire, dégueulant de tous leurs privilèges, osent nous sermonner, nous faire la morale.
Une apparence, cette légitimité les autorisant à jouer les censeurs.
La réalité ne voit que des corrompus, des profiteurs, des combinards, des parvenus, des jaloux de leurs petits avantages. Ils s'y agrippent plus fort que des berniques sur un rocher à marée basse. Les firmes commerciales ont acheté leurs âmes pour quelques piécettes. Elles leur permettent d'exister, de frimer cathodique, à ces femmes et ces hommes sans amour-propre, sans dignité. Ils vont jusqu'à se teindre les poils du cul pour faire illusion, cacher leur date de péremption largement dépassée, se parer d'attributs de jeunesse. Elles leur demandent, en échange, d'essayer de nous attirer l'attention pour, entre deux moments de racolage, nous vanter les monte-escaliers, les couches confiances, les fixateurs de dentiers, les pilules à bander, les sites de rencontres pour jeunes de plus de cinquante ans, les antidouleurs contre l'arthrose, les résidences pour séniors. Pour mes distractions, tout est prévu, pour ne pas me prendre la tête, ne pas réfléchir, il m'est proposé des croisières avec Sheila et Dave animées par Drucker ou un autre débris proche de sa liquéfaction, moi qui n'aime que le vrai blues, le boogie-woogie, le rock'n roll original, et les groupes anglo-saxons des années soixante. Ils poursuivent, les goujats, par les appareils auditifs, veulent nous en garnir les orifices esgourdiens... S'ils savaient où je me les mets leurs petits bouts de plastique électroniques... Non, par là, je n'entends pas grand-chose, comme disait Pierre Dac... Ma surdité, une conséquence de mes goûts musicaux. Cinquante ans de Rolling Stones et de rock'n roll à fond les bananes... Je ne veux pas

En marche vers la décrépitude

d'appareils les gars, sourd j'entends moins de conneries, ça me rend la vie plus supportable. La pub enfonce le clou avec les lunettes, que t'en as une, deux, trois, pour le prix d'une seule... Mais combien ont-ils de paires d'yeux ces connards de pubeux, pour vouloir nous garnir les tiroirs de leurs putains de lunettes? En réalité tu payes les trois...

Pour eux, le vieux est bigleux, sourd comme un pot, incontinent, a les chicots qui se décollent, il bande mou, grince des articulations, ne peut plus lever la jambe, s'inscrit sur des sites spécialisés pour continuer de tripoter du vieux ou de la vieille suivant son genre et ses inclinations...

Ils finissent même la série de pubs en apothéose, pour t'achever, te porter le coup de grâce... avec les contrats obsèques. Tu dois crever, mais payer d'avance, il faut te plumer jusqu'à ton dernier duvet.

La salle d'attente commune aux patients attendant leur tour pour la radiographie, l'échographie, le scanner, se peuple petit à petit. En demi-cercle, le cul écrasé sur des chaises pas trop confortables, la communauté s'agrandit. Sur une table basse, pour nous faire patienter, des revues de blaireaux, vieilles de plusieurs mois, nous racontent la vie des princesses, des vedettes de feuilletons américains. Leurs moindres faits et gestes sont photographiés, rapportés avec précision. Dans le monde, subventionné au nom du pluralisme, des news papers sans lecteurs capables de sens critique, l'attachée de presse a depuis longtemps remplacé le journaliste, pour écrire les conneries lues dans les quotidiens, les hebdomasaires, les mensuels.

Des faits sans le moindre intérêt gaspillent de l'encre, du papier. Eh, les écolos à mains dans le cul pour faire bouger les lèvres, quel est le bilan carbone de ces conneries?

Cancers et métastases   94   Il faut savoir sourire de tout

En marche vers la décrépitude

Des forêts entières sont anéanties pour ces conneries!
Il n'y a que le moment où ils pondent leurs étrons, le fion sur la faïence, la tête congestionnée, qui n'est pas encore sous le feu des projecteurs, échappe au shooting indiscret. Depuis sa tournée mondiale, la star s'est chopée des amibes, a même le bourru enflammé par les mycoses, là-dessus pas de reportage non plus.
Ce n'est pas glamour coco...
Le reste non plus!
Que se croient ces gens pour imaginer que leur vie quotidienne nous importe. Que sont devenus intellectuellement ces lecteurs avides de lire ces conneries...
des électeurs?
Putain ça fait peur et en même temps je comprends mieux!
    Je te confirme une chose, ami voyeur, les célébrités ne font ni caca, ni pipi, c'est connu. D'ailleurs leur trou au cul n'a qu'une seule fonction, se faire sodomiser, sinon quelle serait l'utilité de cet orifice? Comme pour un vulgaire, une Star ne va pas s'abaisser à y laisser passer de la merde, elle n'y autorise que des vits.
    Ce sont plus que des vedettes, des starlettes, ce sont toutes et tous des Stars, des Stars vous m'entendez... précise le torchon, pas avare de superlatifs.
Des Stars! Putain, tu parles de sacrées Stars.
Il me faut me mettre à jour dare-dare, redéfinir le sens de quelques mots. Ils ont perdu de leur puissance, s'érodent dans la banalité, s'usent sur le vulgaire.
    En fait, sous nos yeux ébahis, il n'y a que des gus et des gonzesses, insignifiants de médiocrité, dont je ne connais même pas l'existence, qui plus est, dont je me fous de façon si intense, à côté l'infini semblerait tout petit.

En marche vers la décrépitude

Ces revues, pour enconner le bon peuple que l'on veut populace, ne font pas de vagues, s'adressent à notre reptilien, économisent l'activité de notre matière grise, flattent la partie la plus bête de chacun d'entre nous. La seule pour certains! Le résultat des élections, piège à cons, nous le démontre.

Ne dis pas ça malheureux! Le vote est une conquête sociale arrachée par la lutte, le sang, la vie de tes ancêtres, me hurlent les moralistes pérennisant le système, idiots utiles conscients et inconscients, le cul sur leur canapé.

Idiots utiles de tous les pays, défenseurs objectifs de l'imposture, unissez-vous! La postérité ne vous attribuera pas le beau rôle, mais la question se posera-t-elle?
Pour en arriver au résultat que nous vivons chaque jour, à cette mascarade de démocratie, où seuls les nantis sont représentés, grâce aux votes plus ou moins truqués, téléguidés, par le manque de formation et d'éducation des électeurs, leur abrutissement... ces pourris se disent légitimés... Crois-tu que tes ancêtres se soient battus pour ça. Pour te laisser louer ce simulacre, applaudir comme un débile en gueulant démocratie?

Nos ancêtres auraient mieux fait de garder leur sang, de donner leur vie pour une vraie révolution, cela leur aurait évité de passer pour des cocus de l'histoire!

Revues de salle d'attente déposées à notre attention pour nous calmer l'impatience et secondairement, pour participer à la contagion de virus, bactéries et mycoses.
Tu es en bonne santé?
Une petite visite chez ton médecin, un petit tour en salle concentrant les miasmes, les agents pathogènes... Pioche une revue pour te contaminer. Le must serait, en tournant chaque page, de te mouiller le doigt de salive. Ta bonne santé, ça ne va pas durer. Juste le temps de l'incubation.

Cancers et métastases

En marche vers la décrépitude

À la revoyure! Fais chauffer ta carte verte!

Au fur et à mesure du temps qui passe, je suis entouré, cerné, majoritairement par des vieux, souvent des gros qui toussent et crachent. Il y a aussi des femmes à chaussettes multicolores venant de leurs fermes, ou à mi-bas s'arrêtant juste au-dessous des genoux, des hommes en tenue de travail quittant quelques instants le siège tressautant de leurs tracteurs. Chez le paysan comme chez l'ouvrier la retraite est maigre, il leur est nécessaire de la compléter, il leur faut continuer à bosser. Je remarque que chez les vieux, il y a de plus en plus de tronches tatouées, trouées, cloutées.

Le panurgisme tribal n'est plus réservé à la jeunesse.

Pour l'observateur extérieur qui pointerait son nez, dans le lot, je ne dénote pas trop. Je suis vieux et gros, bien que possédant une peau exempte de marques, dessins, perforations et scarifications tribales, je garde tous mes cheveux, et ne blanchis qu'avec parcimonie.

Gros et vieux moi?

Ce n'est pas ma perception. Ma mémoire me décrit comme j'étais il y a vingt, trente, quarante, cinquante ans...

Mon cerveau ne veut pas accepter en direct ma décrépitude. Il ne s'y habitue que lentement, avec beaucoup de retard, toujours dans le déni du réel... Lorsque la mort viendra m'inviter à partager sa vie, se mettra à genoux pour demander ma main, mes neurones n'auront pas terminé les mises à jour, j'en suis persuadé.

Pour les autres, assis dans cette salle, ceux que je vois dans leur réalité, dont les images ne sont pas corrigées par le filtre de leur mémoire personnelle... Je ne les trouve pas très beaux ou plus très jeunes, voire les deux. Je me fais même la réflexion:

En marche vers la décrépitude

j'espère ne pas leur ressembler un jour.
Mon côté optimiste.
Et pourtant! Pourtant...
Ce jour, nous y sommes, regarde-toi objectivement dans la glace, mon camarade.
Que vois-tu?
Alors pas trop déçu?

Eux non plus, ne se voient pas comme ils sont. Ce doit être comme pour moi j'imagine. Leur mémoire corrige la triste réalité en leur renvoyant une image d'eux qu'ils aiment. Je me persuade, ce ne peut pas être autrement, sinon à leur place, la réalité leur sautant à la gueule, ils devraient ressentir illico l'envie de se suicider...

Pour passer le temps j'ai apporté un bouquin de Didier Van Cauwelaert,
"Au-delà de l'impossible",
comme d'autres possèdent un livre de chevet, c'est mon livre de salles d'attente, hôpital, médecin, dentiste, de tous ceux qui possèdent une salle de contamination... Je fais tout pour ne pas me choper les miasmes de mes concitoyens, question pathologie, j'aime bien l'originalité. Je n'ai pas l'esprit communautaire pour l'épidémie.

Du scanner, la manipulatrice vient me chercher. Je corne la page de lecture en cours. Pose le bouquin sur ma chaise, prend d'une main le produit iodé de contraste. Il va après sa perfusion me réchauffer l'intérieur, me donner ce goût étrange dans la bouche. Je tends l'autre vers elle, lui en serre cinq. Je la suis vers la cabine de déloquage. Si la cabine possédait des yeux, elle me verrait sortir torse nu, à la poursuite de mon ventre rond, entièrement constitué de muscles blancs.

Passage vers la pièce d'installation de la perfusion

En marche vers la décrépitude

d'iode. Petit interrogatoire de confirmation de la fiche de renseignements remplie préalablement. Contrôle des analyses prescrites pour vérifier le bon fonctionnement de mes rognons. Un peu de blabla pour détendre. Nous devons attendre le feu vert du médecin scanneur. La manipulatrice parle à voix assez basse. Je lui fais répéter ses questions. Je lui explique ma surdité par plus de cinquante ans d'écoute de Rock'n Roll...

C'est aussi une fan des groupes des années soixante... du siècle dernier. Elle a assisté à des concerts de groupes dont des membres sont encore vivants. Nous évoquons morts et vivants, Keith Moon, les Who, Syd Barrett, Jim Morrison, les Doors, Brian Jones, la forme physique des Stones malgré leurs excès, l'inventivité de Franck Zappa, John Lennon, AC/DC, les Beatles, Jimi Hendrix, Ginger Baker, Eric Burdon, Les Kinks, les Pretty Things, les Them, Eric Clapton, les Yardbirds, Eddie Cochran, John lee Hooker, Buddy Holly, Little Richard, les débuts d'Elvis Presley à Memphis, avant qu'il ne devienne une grosse merde à Vegas... sans oublier Bo Diddley, Jerry lee Lewis...

La perfusion est en place, l'iode est dans les starting-blocks. La conversation se poursuit sur ma santé, je la trouve bonne, si je me compare à d'autres de mon âge autour de moi. De mes conscrits, comme nous disions au temps du service militaire obligatoire. Je constate leurs disparitions progressives, il en manque de plus en plus à l'appel, ça se rapproche, me frôle les oreilles.

Sur mon poids, il semble ne pas correspondre aux critères actuels, je sors ma vanne habituelle. Mon poids est parfait, c'est ma taille qui est insuffisante de vingt centimètres! Pour trouver une solution me permettant de grandir, je trouve peu de conseillers. Pour tenter de me faire maigrir il y en a

En marche vers la décrépitude

pléthore.
La facilité!
Toujours la facilité.
Putain d'époque!

C'est prêt, j'entre dans la salle du scanner, un Siemens. Je quitte mes Crocs, fais tomber mon froc sur mes talons. En calbute, le bermuda sur les pieds, je m'allonge sur le chariot. Surtout ne pas bander. Un scanner me faisant de l'effet... tu imagines un peu dans quelle case de pervers je figurerais. #bandedevantlescanner... Ils me prendraient pour un économiste du Modem... Putain d'insulte, le genre dont tu ne te relèves jamais.
Rod Stewart arrive dans ma tête, il chante rauque:
"Da Ya Think I'm Sexy?"
Les mains jointes au-dessus de la tête, je traverse le cerceau qui va me bombarder de rayons X.

La perfusion est accrochée sur la potence. Mon cerveau a mémorisé l'effet de l'iode. J'ai l'impression de déjà le ressentir. J'ai le goût dans la bouche, un début de chaleur dans la poitrine. Pourtant l'injection n'a pas commencé.

Enfin, l'iode est libéré, le chariot se met en position, je dois bloquer ma respiration. J'ai du mal à tenir ce court moment d'apnée. Souvenirs de pneumopathies sévères.
Une petite attente, second passage.
Derrière la vitre de protection, dans la salle adjacente, le médecin vérifie la qualité des images.
Tout est OK. Il peut se livrer à l'étude de l'évolution de mon rognon.
Un dernier conseil, beaucoup boire pour éliminer l'iode.

Une main m'aide à me relever. Avec l'âge, une fois allongé sur le dos, je comprends mieux l'effort des scarabées et

En marche vers la décrépitude

des tortues pour tenter de se retourner. Ici le couchage est étroit, cela ne favorise pas la prise de risque dans des mouvements compensant le peu de rigidité de mes abdominaux.

Enfin assis, je peux commencer à me resaper, remonter mon bénouze, rechausser mes Crocs, récupérer mon T-shirt dans la cabine d'effeuillage.

Je suis reconduit en salle d'attente pendant la lecture et l'interprétation des images de mon scanner.
Formalité passée avec succès!

En marche vers la décrépitude

Cancers et métastases  102 Il faut savoir sourire de tout

En marche vers la décrépitude

Chapitre 6

La douche froide.

De voir la tronche, bien souvent hors de mes critères esthétiques, de tous ces futurs disparus, me rend joyeux. Pas leur disparition, leurs têtes... quoique, ma notion de l'écologie s'y retrouverait, s'ils venaient à disparaître en masse. Vernon Sullivan, (Boris Vian), a écrit un titre qui me va:
" Et on tuera tous les affreux".
Une vraie cour des miracles assise à mes côtés. Des PPP, des PPE, des PPH. (ne Passera Pas le: Printemps, l'Été, l'Hiver). **J'ai le tempérament moqueur, l'interprétation taquine, la vanne au bord des lèvres, le jeu de mots plus ou moins laid. Je suis prêt à tout pour une bonne vanne, n'en laisse même pas passer une mauvaise. Sans le vouloir, je blesse parfois, voire souvent, c'est plus fort que moi, il faut que je déconne. J'ai le neurone de plus en plus impertinent. Parallèlement, le monde lui devient de plus en plus susceptible. N'ayant plus le pouvoir de faire, les élites s'arrogent le pouvoir de dire, d'autoriser, de définir ce que l'on peut se permettre de dire. Nos démocraties se moquent des polices religieuses des pays musulmans extrémistes, ne s'aperçoivent pas qu'elles les singent, au nom du conformisme bienséant. Interdire de dire n'empêche pas de penser, pire, cela

En marche vers la décrépitude

radicalise. Pas grave, les sondages prouvent, les uns après les autres, l'idiotie de la méthode, sa contre-productivité... ils persévèrent, il leur faut bien donner l'impression qu'ils existent, ont un reste de pouvoir, ces beaux penseurs, ces humanistes de micro. Leur seul pouvoir laissé par les "marchés"... nous nuire, nous faire chier!

Personne n'échappe à ma déconnade, même pas moi. Sans autodérision la moquerie serait gratuite, la vanne manquerait de saveur, l'auteur de crédibilité. De la crédibilité à la débilité, la route est courte. En marche camarade!

En Charente, si tous les vieux d'un seul coup venaient à casser leurs pipes, le département serait dépeuplé. Les rues envahies par tous ces débris de pipes. Le grand remplacement se vit dans notre département, les maternités, petit à petit, sont transformées en hospices. Dans les grandes surfaces, le rayon couches se spécialise dans la triple XL... Sur les trottoirs le déambulateur est devenu tendance. Dans les allées des supermarchés, les discussions sur le cholestérol vont bon train. L'escroquerie des statines prescrites largua manu, en dehors de leur autorisation stricte de mise sur le marché, fait la fortune des laboratoires pharmaceutiques détournant la loi. Un pillage en règle de la sécurité sociale, avec la complicité du ministère compétent, et du corps médical. **Il faut bien contribuer à augmenter les dividendes** (une autre parenthèse. Les Français consomment deux à trois fois plus de médicaments que d'autres peuples à qualité de soins équivalente...

Oh là là, ces mauvais Français creusant le trou de la sécurité sociale...

Mais qui prescrit?

Qui établit les ordonnances où figurent des molécules sans effet si ce ne sont des néfastes.

En marche vers la décrépitude

L'équation "bénéfice / risques" est devenue "bénéfice pour les multinationales et leurs actionnaires, souvent Américaines ou à capitaux Américains, et risques pour le patient qui se transforme volontairement ou non, en cobaye!
Qui a étudié l'effet combiné des différentes molécules, mélangées dans l'organisme? La bombe humaine, pas qu'au téléphone).

Les allées des supermarchés bruissent aussi de la comparaison des pâtes à maintenir les dentiers. Des preuves de leur efficacité par le vécu.
La mienne est la meilleure, affirme Gustave ": avec mon Colesratiches, à la Gisèle, je peux lui mordre le cul à pleines dents, je te garantis, du clavier de mon piano, je ne perds pas une touche, tous mes chicots restent dans ma bouche".

Putain, moi aussi, je suis d'ici, comme eux, rien ne m'en distingue. Faute de pisser sur moi, d'avoir les sphincters encore étanches, je ne porte pas de couches, je me fous de mon taux de cholestérol comme de ma première bande molletière, ne me pavane pas avec les frimeurs à l'aide d'un déambulateur.
Ai-je dit mon dernier mot? État transitoire, si je n'y prends garde et oublie d'annuler mon abonnement à la longévité coute que coute.
Putain, quel spectacle la fin de vie! Il va me falloir trouver une sortie avant la fin de ce jeu de cons. Ne pas attendre le tilt final. Ne pas risquer de finir la bave aux lèvres, le sourire niais, le cul torché à heures fixes par les titulaires de ces prestigieux métiers d'avenir, ceux vantés par nos élites... La valorisante aide à la personne!
Une question en passant à ces admiratifs des métiers pénibles et sous-payés... envisagent-elles d'orienter leur progéniture vers ces prestigieuses fonctions?... vont-elles les faire renoncer à l'ENA, à Sciences PO, pour les précipiter sur Sciences du pot de

En marche vers la décrépitude

chambre?
  Un avenir radieux, évoluer dans l'amour de sa profession, un plan de carrière, une carte de visite enviée par le monde entier! En commençant au bas de l'échelle, prendre l'ascenseur social, devenir au bout de vingt ans d'efforts, torcheur de merde au cul sous-chef puis, en fin de carrière, l'apothéose, finir chef adjoint des essuyeurs de fions. Je mentionne là, la trajectoire des plus valeureux, les promotions fulgurantes de ceux se donnant du mal, étudiant sans relâche, accédant à une formation continue diplômante. BTS de changeurs de couches. Maîtrise de torcheurs de fions, Doctorat ès sciences de maintien en vie des légumes à péremption dépassée.
Une question de temps, plutôt de durée?
Vive le suicide assisté.
Je n'arrive pas à me faire à l'idée d'être un futur membre de leur bande.
Mon Dieu, si vous existez, prouvez-le-moi!
Invitez-moi à loger chez vous avant de rejoindre la troupe de ceux ne se souvenant plus de pourquoi ils sont venus sur terre. Ceux vivant sur leurs réserves. Ceux dont le cerveau s'est placé sur pause. En salle d'attente de la mort. Leur seule utilité, garnir des EHPAD, pour enrichir quelques fonds de pension Américains. Les vieux de chez eux, comme les plus jeunes d'ailleurs, par nos privatisations de tout ce qui est services sociaux, mutuelles, médecine, médicaments, vaccins obligatoires, se font payer leurs retraites et leurs bonus par les vieux et les malades de chez nous. Les vases communicants. Les caisses de nos organismes sociaux pillés ou transférés indirectement par moult baisses de cotisations, de défiscalisations et autres baisent-couillons, dans celles des fonds

En marche vers la décrépitude

de pension, des firmes, des spéculateurs, tous plus ou moins Ricains et apparentés. Organismes sociaux remplacés par des sociétés privées aux capitaux entre leurs mains.
Entendez-vous dans les campagnes mugirent ces féroces économistes libéraux, ils viennent sur vos ondes vous bourrer le mou pour vous préparer à vous faire bourrer le fion.
"Ce n'est pas le rôle de l'État de s'occuper de ça. Nous payons trop d'impôts, regardez braves gens, aux USA, ils en payent deux fois moins."

Comparons ce qui est comparable. Les États-Uniens ne payent pas d'impôts pour leurs facultés. Si leurs enfants veulent faire des études, ils s'endettent sur des années pour payer des droits annuels exorbitants.(La future bulle financier prête à exploser) **Ils ne payent pas d'impôts pour les hôpitaux publics, en cas de maladie, la carte verte est remplacée par la carte bancaire. Si la carte de crédit n'est pas assez garnie, elle ne permet pas d'accéder aux soins... Etc...**

Nos libéraux eux, ont les moyens de payer tout ça avec l'argent de notre exploitation, des avantages fiscaux mâtinés de fraude. Ils passent ces légers détails sous silence... En réalité ils ne veulent plus payer, pour ceux qu'ils exploitent, cette solidarité leur pèse, les prive de changer plus souvent leur Bugatti Divo.
(Autre parenthèse.
Le sujet n'a ici rien à voir.
Je sais, j'écris le truc, alors je fais ce que je veux.
Au sujet des vaccins. La mise en cause est principalement celle de l'adjuvant aluminium qu'ils contiennent, plus que de la vaccination elle-même, parfois indispensable, contre la connerie notamment. Jusqu'à la fusion de Pasteur Vaccins avec le groupe Mérieux, l'adjuvant utilisé par Pasteur vaccins était, pour nombre de vaccins,

En marche vers la décrépitude

le phosphate de calcium. Abandonné dans les années 1990.
Pourquoi ne pas revenir au phosphate de calcium pour remplacer l'aluminium?
Principe de précaution.
Mais le fric est le plus fort... comme aurait pu dire Raymond Queneau par la bouche de Zazie, principe de précaution mon cul!
La rentabilité avant la santé?
Nous sommes en pays ultra-libéral.
- Les sels d'aluminium sont neurotoxiques (InVS, 2003 – Académie de Médecine, 2012).

- Les sels d'aluminium ont un possible potentiel cancérigène et perturbateur endocrinien (Marisol Touraine, 2012).

- Les sels d'aluminium utilisés dans les vaccins migrent vers le cerveau (travaux de l'INSERM – Données confirmées par l'Académie de Médecine, 2012).

- Les publications scientifiques de qualité sont de plus en plus nombreuses à alerter sur les effets secondaires graves des sels d'aluminium vaccinaux (voir bibliographie).

Désolé).

Les financiers ricains puisent dans nos caisses sociales avec la complicité servile de nos gouvernants inféodés. Petit à petit, ils modifient les lois, pour suivre à la lettre les instructions de leurs maîtres.
Gentil le chien-chien, ne mord pas, remue même la queue, faut dire qu'ils lui ont jeté un tout petit nonos...
         Pour maintenir le niveau de vie de leurs populations États-Uniennes à nos dépens, tout en enrichissant un peu plus

En marche vers la décrépitude

les dirigeants de Goldman Sachs et assimilés de la bande Bilderberg, ils abaissent le nôtre. Faux-bourdons se gavant de notre miel. À force de nous tripoter les mamelles pour nous traire, sans douceur pour nous éviter le plus petit plaisir, ces rustres de cow-boy vont nous coller une mammite. Le bonheur d'être colonisé, de vivre dans une république bananière, une des plus corrompues d'Europe. Nous sommes dirigés par des incapables, souvent des pourris. Question, qui les choisit? Putain t'as encore voté mou à côté du trou, t'en a graissé toute la cuvette... et maintenant tu es dans ta merde?

Le bonheur de vieillir, l'art d'être grand-père à la Victor Hugo, un côté des choses. Il y a parallèlement la joie de voir, morceau par morceau, partir sa dignité en lambeaux, son indépendance, sa capacité de penser, son statut d'humain...
Putain c'est vrai, je suis vachement tenté de continuer à vivre cette décrépitude annoncée... Sacrée perspective.

La visite de membres de la famille, en fin de vie, dans les maisons de retraite, ne donne pas envie de rejoindre ces troupes mises à l'écart, pour ne pas gâcher notre sens de l'esthétique, pour garder en entier cette putain de bonne conscience. Il faut regarder ce tableau. Jérôme Bosch n'aurait pas osé pousser aussi loin le sordide de la situation. Devant ces images à gerber, j'ai une folle envie de sauter l'étape, je deviens fan de Van Halen. "Jump, jump", oh oui Jump!.

Nos aïeux, devenus anachorètes mentaux contraints, parqués, alignés, sur des fauteuils roulants, bavant, secouant la tête, tremblant des mains, suintant du fondement. Peur ou Parkinson? Un peu des deux. Ils sont là, la révolte inhibée par la chimie, résignés, le cul réchauffé par leur urine, leur merde, qui s'accumulent en strates sur leurs couches. Imitant les courbes de croissance des arbres. Tu peux dater l'heure du

En marche vers la décrépitude

dernier change par les superpositions, si les menus varient en colorants, la datation en est facilitée, l'art contemporain naît au fond de la couche .
Restriction de personnel.
Seuil de profitabilité.
Augmentation des dividendes...
Les vieux sont devenus des matières premières, des minerais, des produits industriels... à quand la ferme des mille vieux?

Mon avenir peut-être, si je gagne le lot A.V.C. à la loterie des emmerdes de santé, si mes neurones disjonctent.
Pourtant, j'ai encore la tête qui se balade en solex dans les années soixante, elle est restée, question "sérieux", au temps du lycée buissonnier, des après-midi où j'écumais avec quelques copains choisis, les rads du Val-d'Oise, des départements limitrophes, ceux équipés de flippers. Ma poésie de la vie.

Chaque matin au réveil, ma colonne vertébrale me rappelle à l'ordre, me fait sentir quel est mon camp. Merde, à ce corps qui me trahit. Je déteste, être vieux physiquement. Vieillir, prendre de la bouteille, ne me gêne pas, au contraire. Vieillir c'est emmagasiner des expériences, des savoirs, des réflexions. D'accord, mais à une seule condition, ne pas devenir sage. La sagesse c'est ne plus oser, s'immobiliser, se résigner. De la sagesse à la connerie il n'y a qu'un pas vite franchi.

En prenant de l'âge mon frère, aujourd'hui tu seras moins con qu'hier, et bien plus que demain, pour paraphraser Louise-Rose-Etiennette Gérard. Elle écrivait sa bluette, tout énamourée devant son Edmond Rostand.

Accepter de m'avancer dans l'âge, pour moi la condition nécessaire et suffisante... Que mon corps mécaniquement se conforme à ma tête. Pourquoi en se renouvelant nos cellules ne repartent-elles pas de zéro, pourquoi cette mémoire du temps

En marche vers la décrépitude

qui passe, cet héritage d'usure, cette dégénérescence.
Que ces putains de briques cellulaires reconstruisant en permanence mon corps, se démerdent pour bien faire leur boulot.
Qu'elles se conforment au modèle de base, respectent les plans initiaux, pour me faire vieillir en gardant l'articulatoire éternellement opérationnel, la fermeté de la bidoche.
Je demande juste l'expérience, le savoir en plus, pour l'ajouter dans la bouillie de ma tête, l'identique de mes vingt ans pour les cellules de mes os, de mes tendons et de ma barbaque. Ce n'est pas demander la lune. Quand tu penses qu'un soi-disant mec, le créateur des univers, de tous ces trucs encore inconnus, t'en as partout, tu ne sais pas comment ça tient debout... ce gus qui se la pète, n'est pas foutu de te faire des cellules se renouvelant à l'identique. Tu comprends qu'il ne se pointe jamais sur terre, trop la honte. Se fait représenter par des intermédiaires. Plus ou moins fiables les dépositaires de la marque du gus. C'est un peu, courage fuyons, ce lascar. Le genre pas téméraire, il chie dans son froc, n'assume pas. Il n'a que des communicants, des représentants autoproclamés, des rigolos. Ils affirment parler en son nom, alors qu'ils ne l'ont jamais vu, jamais claqué la bise, jamais serré la pince. C'est un patron cool, ne vient jamais voir comment tourne la boutique. Il n'a pas daigné se pointer, en chair et en os, une seule fois pour de vrai. Pour le fan-club, il faut être sacrément motivé, d'une crédulité à toute épreuve. Seul un électeur de base peut lui disputer le pompon.
I can't get no satisfaction, but I try, but I try.
Je try mon cul oui.
Quel est le con qui nous a conçus avec une obsolescence programmée?
Pourquoi nous faire mourir une fois délabrés.

En marche vers la décrépitude

Je repose mon fondement sur une chaise de la salle d'attente. C'est la mienne, elle m'avait sagement attendu. Joëlle assise sur la voisine l'y avait encouragée. Dehors la pluie a redémarré, le vent la fouette sur les carreaux, ça dégouline pas toujours rectiligne. Le vent gagne sur l'attraction. Un temps de printemps à ne pas mettre un carcinome dehors. Je jette un oeil circulaire sur les nouveaux venus, rien de spécial, deux couples de vieux. Les retraités vont souvent par paires. Dans le cas contraire, l'un d'eux, l'absent, a dû être retenu avenue du Paradis, ou brûle en enfer... Dernière hypothèse, reposant sous terre, il se fait dévorer par les asticots, s'il n'avait pas pris la précaution de demander à partir en fumée.
Lorsque les asticots s'agitent dans ton cadavre plus ou moins fumant, est-ce que ça chatouille, ça gratouille?
Si oui, peux-tu rigoler sans passer pour un indécent aux yeux de tes copains de cimetière?
Partir en fumée, une façon légère, symbolique, de monter au ciel. J'aurais pu dire voluteuse, si le mot existait.

Je reprends la lecture des élucubrations ésotériques de Van Cauwelaert. C'est juste pour passer le temps. Cela me dispense de devoir compter les secondes, mesurer mentalement la durée. Le temps semble démesurément plus long lorsque l'on se fait chier. Remarque, il m'arrive aussi en lisant son bouquin, à certains passages, de trouver le temps long.

Compter les mouches, autre alternative, c'est amusant, mais n'occupe qu'un moment.

En lisant des conneries, pour une fois je ne les écris pas, je m'occupe l'esprit, m'anesthésie l'impatience. Je me fais attendre confiant les résultats de mon introspection radiologique corporelle. Au bout d'un moment, je relève les yeux, reprends pied dans le réel. Ma tête devient lourde, pèse

En marche vers la décrépitude

sur mon corps, je m'écrase sous son poids, sensation bizarre. Le poids des ans?

Mes compagnons de patience se sont, en grande partie, renouvelés. Il y a des nouveaux, des gus comme vous et moi... enfin surtout moi, dans le cas présent. Que feriez-vous dans une salle d'attente hospitalière de haute Saintonge, loin de chez vous?

Je fais le point, l'état des lieux. Parmi les nouveaux arrivés, il y en a d'allongés sur des brancards à roues. Ils sont poussés par des ambulanciers, des professionnels. Ces petits rusés connaissent les combines pour passer en priorité.
Productivité, productivité...
Un mot oublié chez la plupart des retraités qui m'entourent. J'aperçois également un ou deux décrits défavorisés de l'intellect. Ils vivent dans leur monde différent. Ils doivent être heureux si j'en crois le sourire qui illumine en permanence leurs visages. Ils nous sont supérieurs en équipement génétique, possèdent un chromosome en plus. Leurs cerveaux ont limité leurs champs d'expériences, juste le bonheur. Ils se sont vidés de toutes les idées de malheurs. Ils ne les prennent plus en compte. Ils ne sont pas diminués, ils sont simplifiés, ne gardent que l'essentiel...
Notre avenir?
Que seront les résultats des manipulations génétiques?
Dans ma tête, un court instant, Alice Cooper s'égosille dans "School's out".

Ces bien-heureux sont accompagnés de leurs assistants de vie. Ces derniers ne semblent pas bénéficier de passes ou autres "Navigo" pour entrer dans le monde merveilleux de ceux qu'ils chaperonnent. Pour leur permettre d'y accéder, d'y entrer, ils n'ont pas rencontré le lapin blanc aux yeux roses

En marche vers la décrépitude

accordant le blanc-seing. Animal, vêtu d'une redingote, consultant sa montre à gousset, pour quantifier son retard. Leurs rêves sont trop proches des réalités. Ils pensent efficace, rendement, optimisation, se shootent au stress. Ils ont le visage fatigué. Parmi les autres patients, un moins impatient, un pas pressé?
Il est en fin de vie, c'est dire s'il prend son temps. Il git sur son lit roulant, des gargouillis de salive sortent de sa gorge. Descendu du service des soins palliatifs, celui précédant géographiquement d'une porte, la chambre mortuaire. Il se contente de subir, n'a plus voix au chapitre. Il est là pour passer des examens inutiles. Sa famille exige que l'on fasse quelque chose. Des tests ne servant à rien, n'importe quoi, de l'action pour l'action. Se donner l'illusion de tout tenter, ils doivent apaiser leurs consciences. L'héritage, ça se mérite. Est-il humain de prolonger des souffrances insupportables de quelques jours, de quelques semaines, lorsque l'espoir de survie est plus éloigné que l'infini. La pauvre victime des croyances des autres, si elle a encore quelque lucidité, qu'elle ne peut exprimer, si ce n'est par ses yeux suppliants, doit leur dire au fond de sa pensée: votre tour viendra, vous vivrez ce que je vis, souffrirez-vous aussi pour rien, comme vous m'obligez à l'endurer, alors peut-être regretterez-vous, de vous être payé pour si peu cher, cette belle conscience dont vous vous parez. C'est beau un paon faisant la roue.
Il sera trop tard.
Ils dégusteront à leur tour. Pour partir, souffrir, juste de quoi enlever toute idée de revenir, être dégoûté à jamais de ce court passage dans ce monde.
Nous sommes dirigés par des fanatiques se réclamant de la démocratie. Un pays se croyant obligé de dire qu'il est

En marche vers la décrépitude

démocratique, c'est qu'il ne l'est pas, un pays passant son temps à faire référence aux droits de l'homme, c'est qu'il ne les respecte pas... Les cons disent-ils à tout bout de champ qu'ils le sont? Non, ça se voit, pas besoin de le dire... pour la démocratie...

Nos élites n'ont qu'une idée, imposer leurs vues. Par définition, ils se croient supérieurs, savent ce qui est bon pour nous, nous l'imposent. Si c'est cela leur définition de la démocratie, j'ai peur d'entendre ce qu'ils désignent par dictature.

À partir du moment où une possibilité est offerte, si elle n'est pas obligatoire, en quoi gêne-t-elle les convictions de ses opposants? Qui les oblige à en bénéficier? Pourquoi devrais-je moi, me soumettre à la dictature de leur morale de merde. Démocratie mon cul oui!

Pour décider de sa vie, tant que des bien-portants, n'étant pas directement concernés, imposeront leur morale, leurs idéologies, à ceux qui subissent la maladie, la décrépitude, nous vivrons dans ce monde de con.

Poursuivant ma revue de détail, dans cette salle d'attente, je croise les yeux de ceux avec des têtes de "j'ai tout l'avenir devant moi". Ayant analysé tout le nouveau cheptel disponible, il ne reste que ceux déjà transpercés par les rayons. Ceux de deuxième intention. Ils attendent le verdict. Comme moi, ils n'ont pas encore obtenu leur compte rendu libérateur.

Interrompant à intervalles irréguliers le concert des toux catarrheuses, des silences gênés, des noms sont appelés par le secrétariat. Dans une enveloppe brune tendue avec le sourire, ils obtiennent le sésame du départ.

Même pour t'annoncer le pire, le sourire, rend la nouvelle à découvrir, plus acceptable. Du soleil, un ciel bleu, des

En marche vers la décrépitude

petits oiseaux qui chantent, le cadre idéal pour apprendre que tu as le cancer. Cela en deviendrait presque un plaisir. Alors que la même nouvelle, un jour de pluie glaciale, énoncée par une tête revêche édentée, un poireau sur le nez, des corbeaux croassant venant de la gauche, ça te file un sacré bourdon. L'espoir tient à peu de chose, une expression heureuse, une bonne météo, des oiseaux joyeux, démonstratifs, un visage harmonieux.

Possédant leurs dossiers complets, mes compagnons d'irradiations temporaires partent vers leur futur plus ou moins incertain. Ils tiennent, serré à la main, ou rapidement rangé dans un sac, le compte rendu de leurs examens. Ce justificatif de leur venue ici, est imprimé sur une feuille A4, il est inséré dans une enveloppe marron, pour la confidentialité. La conclusion médicale, sur l'état de leurs poumons, la solidité de leurs squelettes, le point sur le dysfonctionnement de quelques organes ayant semblé défaillants, y est cachée.

La remise des résultats, un bon moment de vie pour observer la personnalité de chacun. Elle éclaire sur la gestion mentale de la maladie. Certains récupèrent leur dossier sans l'ouvrir. Il contient les clichés accompagnés du diagnostic du radiologue. Ils repartent discrètement profil bas, en murmurant "au revoir". D'autres ouvrent l'enveloppe timidement, jettent un oeil, blêmissent ou sourient, suivant l'optimisme de la conclusion. Quelques-uns ouvrent la pochette-surprise avec ostentation, lisent, acquiescent de la tête, partent d'un pas décidé. Des optimistes regardent la conclusion, puis nous quittent d'un "au revoir" sonore. Je ne serais pas surpris de les voir danser un pas de deux au beau milieu du couloir. D'autres encore sont rassurés sur la qualité de leur toux. Pas de tuberculose. Ce qu'ils nous crachaient dessus, nous

En marche vers la décrépitude

postillonnaient en pleine figure, n'est que du pathogène ordinaire, du virus commun, de la bactérie vulgaire, mélangé à du glaviot verdâtre coulant de leurs fosses nasales. Une autre catégorie, les angoissés, les plus inquiets, ceux déclarés en bonne santé, ils pensent en terme de "sursis", pour mieux plonger, à l'avenir, dans les cancers les plus redoutables. Quel que soit le résultat, ils se rongent les ongles... À les voir jouer les manucures voraces, je tremble pour la pérennité de leurs premières phalanges. C'est limite de l'anthropophagie.

Une vraie loterie. Nous ne pouvons pas tous gagner au tirage de la bonne santé...

Personnellement, je ne suis pas très inquiet. Les indices me réconfortent. Il faut savoir déchiffrer entre les lignes. À la première vision des images de mon intérieur, sur son écran, le médecin du scanner ne m'a pas pris à part pour me rassurer. Dans la foulée, il n'a pas tenté de poser les banderilles, pas porté l'estocade, n'en a pas profité pour me proposer de lui vendre notre maison en viager. Insistant bien sur l'urgence. Me convainquant de ne pas perdre de temps.
Si ça ce n'est pas un indice sérieux... Une preuve! Le gus mise sur ma bonne santé. Il doit avoir peur que, de nous deux, ce soit lui le premier à partir explorer le chemin où le mèneront ses ondes. Je me demande même si ce n'est pas à moi de lui proposer de racheter tous ses biens en viager...
Une réflexion rassurante, je l'avais soumise à Joëlle.

Je ne suis pas un optimiste béat, juste un réaliste désabusé, mais il m'arrive, qu'à pile ou face, je choisisse de parier sur la tranche.

Il faut être capable d'interpréter les signes. Un reste de savoir génétiquement transmis par mes ancêtres paysans. De l'inné, tapissant mes chromosomes. Chez les humains, un

En marche vers la décrépitude

patrimoine ancestrale transmissible, bien plus important que ne veut bien laisser croire la doxa. La théorie de l'acquis à tout prix, pour justifier la fable de l'égalité de départ. L'idéologie, cette béquille du menteur, de l'escroc, du profiteur, du fainéant de la réflexion, ne voulant pas se poser de questions!

Raconte ça aux poussins sortis de couveuse. Les cruelles boules de duvet t'étripent les plus faibles de leurs congénères s'il leur reste une trace de sang, la plus petite blessure. Sans avoir besoin de suivre l'enseignement imitatif du moindre coq, de la première poule rencontrée, ils en reproduisent toutes les attitudes alimentaires, comportementales. Ils connaissent le nombre de jours nécessaires de la couvaison, vingt et un, de leurs oeufs, pour devenir à leur tour parent... tu vas les faire se foutre de toi avec ta notion d'acquis plus forte que leur inné.

La salle se vide progressivement. Approche l'heure limite des rendez-vous. Plus aucune nouvelle tête à dévisager, détailler, sur qui sortir une vanne, ironiser sur un détail de sa physionomie.

J'ai l'impression que mon attente est plus longue qu'habituellement. Je commence vraiment à m'emmerder.

Dehors il pleut fort, ici je suis à l'abri. L'idéal serait de récupérer mon dossier pendant une éclaircie, pour rejoindre la voiture sans nous faire déluger... Un souvenir ancien, un cours d'anglais me revient. Je vérifie dehors, si parmi les hallebardes du déluge, ne tomberaient pas quelques chats et chiens...
It's raining cats and dogs.
Uniquement de l'eau, pas de hallebardes, pas plus que des membres de la gent canine mélangée à des félidés. Notre pluie Saintongeaise, devenue pacifiste, parle français. Une autre idée farfelue me fait sourire. Dogs, hotdogs, les dogs de la pluie dans les hotdogs... le pain doit être mouillé, tout mou, gluant, c'est

En marche vers la décrépitude

dégueulasse à bouffer... Putain de frichti anglais.
Joëlle m'interroge du regard sur le motif de ma marrade?
Par facilité, je réponds: "rien".
Je ne me vois pas lui expliquer. Elle me trouve déjà un peu barré, cela finirait par confirmer son hypothèse.
Elle retourne à la lecture machinale des revues.

La femme qui partage ma vie m'accompagne souvent dans mes périples médicaux. Son rôle est important, indispensable. Elle m'amplifie les paroles des gens qui ne tiennent pas compte de mon début de surdité. Elle complète aussi mes phrases, lorsqu'un mot reste coincé dans mon cerveau, met des heures à venir jusque sur mes lèvres. Elle me connaît tellement depuis quarante-six ans. Elle peut terminer mes phrases sans risque d'erreur. Nous n'avons même plus besoin de parler pour nous comprendre. Souvent nous pensons la même chose au même moment, il n'y a que pour mes conneries, mes barjouilleries, qu'elle garde son indépendance...
Les mots qui restent coincés dans ma tête, mes commandes de la parole se grippant, c'est de plus en plus fréquent.
L'âge?
L'isolement relatif de la surdité?
Le manque d'envie de communiquer?
Lorsque mes interlocuteurs ne sont pas en phase, il me faut tout expliquer, développer, pour essayer d'être compris...
C'est chiant.
Souvent c'est l'échec, nous ne raisonnons pas de la même façon. La mienne est singulière, je ne la dis pas supérieure, juste différente. J'ai parfois l'impression que certains voient le doigt, pas la lune.
Je m'explique peut-être mal.
Certainement... certainement.

En marche vers la décrépitude

Et puis merde!
Pour moi, qui ne suis pas une flèche, c'est épuisant de tenter de me faire comprendre. J'ai l'impression de croiser beaucoup de cons. Cons suivant mes critères personnels, ma définition. Ce ne doit pas être ceux des humains visés par mon qualificatif. Les leurs, de toute évidence, doivent les exclure de cette communauté. Avec un peu de chance, ils doivent m'en désigner comme chef de file. Tu vois, c'est une preuve. Ils ont un jugement de merde. Des cons que je te dis. À mes yeux, il y en a de plus en plus. Le système les fabrique à la chaîne.
Putain c'est vrai, nous sommes toujours le con de l'autre. Plus grave, "l'autre" est plus nombreux. Démocratiquement, c'est son jugement qui l'emporte.
 Le numérique pouvait élever le niveau intellectuel des humains. Aux mains des libéraux avides de profits, il ne sert qu'à les enconner, les gérer, les décérébrer. C'est très efficace. La transformation s'est faite sur moins d'une génération.
Ils sont connectés sur le réseau les réduisant en esclavage intellectuel, en dépendance... L'addiction à la connerie, préparée par la télé, les consoles, finalisée par le numérique... Qui sont tous ces inventeurs des machines et logiciels prenant le contrôle de la vie de la planète? Ont-ils un lien avec les élus du petit pays? Dans quel but tout interconnecter? Brancher tous les humains sur l'intelligence artificielle centrale. Bientôt même notre téléphone filaire, ne sera plus indépendant. Tout par internet... Une création de l'armée Américaine. Le monde entier sous la coupe de big brother. Le cauchemar est devenu réalité!
Des déconnectés du ciboulot oui!
 Les mots dans ma tête vont à toute vitesse, mais pour être traduits en sons, il y a un bug. De devoir parler pour les

En marche vers la décrépitude

exprimer constitue un effort disproportionné. Pour éviter cette fatigue, je préfère me taire, les autres n'ont qu'à lire dans mes pensées.
Lire dans mes pensées, l'idée me fait rire. Putain s'ils y arrivent... je devrais me censurer. Des coups à me fâcher avec la terre entière...
    Enfin mon nom est appelé. La secrétaire me tend mon compte rendu. Les images du scanner sont gravées sur un DVD, une page recto verso de commentaires accompagne la rondelle de "data" dans son étui transparent.
    Joëlle pose ses revues, elle me rejoint.
Nous saluons le quarteron de rescapés d'un "au revoir" tout sourire. Dans le couloir nous menant vers la sortie, j'ouvre d'un geste assuré mon enveloppe. Je vais directement à la conclusion pour conforter ma tranquillité d'esprit.
Je marque un bref temps d'arrêt. J'ai une courte seconde la "Crocs" en lévitation...
Ai-je la berlue?
Merde, ce n'est pas vrai!
Pour en être persuadé, cette putain de conclusion, je la relis avec plus d'attention.
Je me sens pâlir. Les mots inscrits m'ont retiré quelques centilitres de sang de la tête et des jambes, toute ma circulation converge vers mon ventre, elle se regroupe en une boule.
Je relis à nouveau:
    "En comparaison avec l'examen précédent, progression en taille du nodule au niveau de la ligne de résection de néphrectomie gauche partielle en faveur d'une récidive locale".
    Putain de bordel de merde, tu parles d'une faveur. Cette ordure de Gaston a remis ça. Il avait planqué une cellule, une des mal codées. Il l'avait soustraite au bistouri. Autour d'elle, il

En marche vers la décrépitude

s'est reconstitué, régénéré. Ce con me fait un putain de pied de nez. La saloperie, mauvaise joueuse, ne s'était pas avouée vaincue.

J'hésite une fraction de seconde. Je suis un peu déstabilisé. Dans ma tête ça se bouscule, il me faut y remettre de l'ordre. J'ai les idées contradictoires. Le pour, le contre, tout se mélange. C'est un tel bordel dans mes boyaux de la tête, une vache n'y retrouverait pas son veau. J'aime bien avoir prévu les choses, savoir où je vais.

Avec le cancer, j'avais une certitude, il me restait au moins quatre ou cinq années de vie. C'était une assurance, dans mon esprit cela m'épargnait de partir plus tôt d'une embolie, d'un AVC, d'une rupture d'anévrisme, d'autres taquineries. Le cancer est prioritaire pas vrai? Imagines-tu une autre affection, une autre maladie, essayer de lui brûler la politesse, de lui piquer la place, de lui marcher sur les pieds?

Après l'intervention, je retombais dans le lot commun, avec toutes les incertitudes sur l'avenir. Tenir compte de tous les trucs rôdant qui peuvent me conduire les deux pieds dans la tombe. Le cancer au tapis, tous se trouvent réconfortés, ils ont de nouveau le champ libre. Rien ne me prouve que la suppression du cancer m'augmentera l'espérance de vie.

La loterie!

Le cancer revenu, je revois l'échéance, je peux estimer le temps pour atteindre le terminus. D'un côté le cancer fait peur. Les années s'accumulant au compteur de ma vie, il devient rassurant. Il me délivre d'une angoisse diffuse qui s'installait avec l'âge avançant. C'est étrange ma façon de penser... Un cancer occulte toutes les autres possibilités de fermer mon parapluie. De là partent toutes mes réflexions qui peuvent paraître incompréhensibles pour le spectateur extérieur resté

En marche vers la décrépitude

en mode binaire. Je trouve toujours le côté positif... C'est ce que je me dis.
Ok, trois secondes! Je reprends mon souffle, fait le vide.
Ma décision. Je vais consulter, après j'aviserai.

Au bout du couloir opposé, je vais prendre rendez-vous avec le chirurgien. Il n'est présent à Barbezieux que le vendredi. Actuellement il est en vacances. Il me faudra patienter. Son secrétariat me demande de laisser les résultats du scanner. Ils lui seront remis en mains propres dès son retour. Suivant son interprétation, il me fixera un rendez-vous.

J'adore l'expression en mains propres. Il y a des gus à qui l'on ne doit jamais rien remettre, les garagistes ou les vidangeurs. Ils y ont pourtant droit comme les autres...

Pour cette histoire de cancer, il n'y a pas d'urgence, je le sais. Gaston est de petite taille, il faut lui laisser le temps de grandir, de se développer, avant de devenir méchant.

Un putain de crabe, il a l'air d'en pincer pour moi. Pour une fois, je suis trouvé attachant...

En marche vers la décrépitude

Cancers et métastases   124 Il faut savoir sourire de tout

En marche vers la décrépitude

Chapitre 7

L'interprétation.

J'ai pris un rendez-vous chez ma "médecin référant". On ne sait jamais, dans la nuit, des forces inconnues ont pu venir modifier les clichés, optimiser le compte rendu, pour les rendre plus conformant à mes attentes. L'espoir fait vivre, pourvu qu'il ne me pose pas un lapin...

Où se trouve ce putain de lapin blanc aux yeux roses. Alice Cooper, hurle "Paranormal", ça me cogne dans le crâne, ça se calme ensuite, puis ça repart de plus belle. Dans le bureau du cabinet médical, inconsciemment, j'avais envie d'entendre que rien n'était sûr, que la cicatrice de la dernière découpe de rognon se calcifiait, elle donnait l'impression de... pas de crabe, juste sa carapace.

Un artéfact, n'importe quelle incroyable connerie ravirait mes oreilles, satisferait mon cerveau. Du banal, pour m'éviter d'avoir à prendre une décision. Ne pas avoir à choisir. Le choix m'emmerde, c'est toujours un pari. Une seule option, moi je veux pouvoir les essayer toutes. Alors je laisse faire, le résultat vient de lui-même, c'est moins sportif, mais plus sûr. Pourquoi parmi les choix, une seule des possibilités à vivre, une seule vie à dérouler. Blanc, noir, oui, non, merde.

En marche vers la décrépitude

Mon rognon, le couper ou le garder, telle est la question.
J'ai les Clash qui frappent dans ma tête, la chanson de mon rognon:
"Should I Stay or Should I Go".
Les Clash ou le rognon?
Qui chante en réalité?
Contre ce royaume imaginaire où tout s'arrange sans effort, je n'ai plus de cheval à échanger, ma jument est morte, la fourbure. Il ne me reste qu'Igor, mon âne, mais je ne pense pas obtenir son accord.
A donkey! My Kingdom for a donkey, ça le fait moins.
Excuse moi William, je ne suis pas Richard le troisième.
A donkey! My Kingdom for a donkey, tu passes de la tragédie historique à la pantalonnade.
Vivre ou mourir à terme.
La même question sous une autre formulation. De toutes les façons, l'issue sera toujours la même. L'immortalité, le rêve pour certains, un vrai cauchemar lorsque l'on y réfléchit bien.
Le problème est mal posé.
La seule question, celle qui se trouve sur les plateaux de la balance:
mourir de ce cancer du rein dans quelques années, ou mourir d'autres choses plus tard. Plus tard pas forcément, peut-être avant... Mourir d'une autre cause, si c'est avant le nombre d'années accordées par mon cancer, opération ou pas, cela ne modifie pas l'issue. Juste un pied-de-nez à Gaston, il aura l'air d'un con, tout seul à cheval sur mon rognon, moi enfin calenché, lui privé de son oxygène, mes globules refroidis, ne circulant plus. Y-a-t-il un SAMU pour les cancers, lorsque le porteur leur a faussé compagnie avant la date prévue? Dans le cas de figure où j'opterais pour l'ablation de ce putain de rein,

En marche vers la décrépitude

l'issue terminale sera moins attendue.
La surprise, de nouveau la loterie.
Pas pour moi la surprise, ou juste son début, ensuite je serais parti dans le néant, mes ondes n'évolueront plus, mon émetteur cessera toutes activités... de tout ce qui a précédé, je m'en battrais les...
Dans le néant tu ne cogites plus, ne t'apitoies plus sur ton sort, tu ne joues plus au traumatisé...
    Et si mon cancer c'était pour de rire... Une bonne blague pour me tester...
Pour de rire ou pour de vrai, je verrai plus tard.
Wait and see.
Moi je suis né le jour de la Saint Procrastination.
    Derrière son bureau, Miss Doctor a lu la conclusion de ses confrères. Sur son visage se composent les traits de l'air désolé, elle cherche dans sa réserve de phrases, celles à dire dans ces moments-là. Celles assez persuasives pour allumer l'ampoule de l'espoir dans ton oeil. Putain elle le fait vachement bien.
Le compte rendu toujours sous les yeux, elle secoue la tête, puis ajoute quelques mots, reste vague, ne tranche pas. Si c'est écrit dessus, bien sûr mais...
Elle laisse un léger doute. C'est noté sur la feuille de comptes rendus certes... Je souris, je pense à cet instant: mon cancer, c'est marqué sur la feuille, pas sur lui, contrairement au Port-Salut. Le fromage, je ne doute pas de sa nature lorsque c'est marqué dessus... pour un cancer c'est plus compliqué, non?
À la pensée de cette publicité de mon adolescence, je rigole de l'en dedans.
Le Port-Salut, c'est écrit dessus.
Puis en cascade une autre association d'idées prolonge ce rire

En marche vers la décrépitude

intérieur, il est peut-être un peu grinçant. J'ai dit je souris... pour du Port-Salut...
Une souris, du fromage.
Putain ce cancer me rend déconne. Sans lui je me demande si je ne me ferais pas un peu chier.

Miss toubib me prend la tension, c'est bon. Nouveau sourire, une autre idée me traverse l'esprit: je n'ai pas la chance du cochon.
Dans le cochon tout est bon.
Moi, seulement la tension, pas la même affirmation pour ma thyroïde ou mon rognon.

En conclusion de consultation, je ne suis pas plus avancé. Le lapin aux yeux rose n'a toujours pas pointé le bout de son nez!

Il faut qu'une porte soit ouverte ou fermée! Ma toubib la laisse entrouverte. Alfred de Musset ne doit pas être son livre de chevet. Pour avoir une opinion tranchée sur l'état de mon rognon, elle passe la patate chaude à son confrère du bistouri. Pour me rassurer en attendant, elle m'explique:
pour régler définitivement le problème, si la récidive se confirme, l'ablation totale du rein résoudra la chose.
Elle ajoute, qu'avec un seul rein, je pourrais vivre normalement, ou presque. Peut-être de légères contraintes alimentaires, mais trois fois rien.

Elle rêve, des contraintes alimentaires ce n'est pas mon truc. Je bouffe le gras de la viande, croque le beurre salé à pleine bouche, mange la crème fraîche à la petite cuillère, ai des fringales de sucre, de chocolat, je ne les réfrène pas. Je déteste toutes les sortes de contraintes d'ailleurs. Je ne suis pas arrivé à soixante et onze balais pour me laisser emmerder. Passer sa vie à se priver de tous les plaisirs, tout ça pour tenter de vivre un

En marche vers la décrépitude

peu plus vieux... Je ne sais pas si c'est efficace, mais tu te fais tellement chier, t'as vraiment l'impression qu'elle n'en finit plus ta vie. Mourir de plaisir ou mourir d'ennui, deux approches... question de tempérament.

Sur mon compte rendu de récidive, comme tout bon client du magasin des cancers et métastases, j'ai obtenu un bonus gratuit. Une prime de fidélité. Gaston a la fibre commerciale. J'avais déjà commandé il y a quelques années un cancer sur le nez. Un spécialiste des parties de la tête qui mange, de celle qui entend, de celle qui respire, tâtant aussi un peu d'esthétique, m'a découpé le morceau litigieux puis, a déplacé un bout de peau de ma face pour combler le trou. J'avais des coutures plein la tronche, même mon miroir baissait les yeux en renvoyant mon image. Penaud il s'excusait de ce qu'il mirait, tellement j'étais bouffi, la gueule de Frankenstein. Maintenant j'ai un bout de sourcil qui me pousse sous l'oeil gauche, dans le coin. Il faut périodiquement que je l'épile. Heureusement, le chirurgien n'a pas eu l'idée saugrenue, de me greffer sur la tronche, un morceau de la peau de mon derrière. J'évite ainsi les expressions:
face de cul,
avoir une tête à porter un slip.
Elles peuvent prendre naissance dans ces expériences chirurgicales...
Le corps humain est plein de surprises, à un millimètre d'écart sur ta peau, la nature des pilosités diffère, à l'endroit où le cheveu devient poil, de raide, elle devient frisée, chez nous autres, les ariens ou supposés tels. Je vérifie la signature du médecin qui a validé le diagnostic, ce n'est pas Afflelou... Pour un cancer acheté, un deuxième gratuit m'est offert, le troisième pas cher.

En marche vers la décrépitude

Toujours la grosseur de ma thyroïde, ses nombreux nodules qui grossissent. Grâce à eux, lors de ma dernière intervention chirurgicale, j'avais déjà d'obtenu une carte de "signalement des voies aériennes supérieures difficiles" au cas où je deviendrais accro aux salles de chirurgie.

En route vers le billard, pour éviter de trouer le tapis, je présente ma carte au joueur spécialiste de la découpe, et hope, il choisit la bonne queue, moins de charcutage pour t'enfoncer la tubulure. Prévenu, il fait préparer d'avance le matériel adapté, plus besoin de tâtonner, de gueuler putain merde ça ne passe pas. Grâce à ma carte, me voilà endormi finger in the nose, avant le rebond de la bille blanche sur la bande.

Je suis dur à intuber! entuber? L'un n'évite pas l'autre.

J'ai toujours su qu'il était difficile de m'entuber. Mon entourage pourra le confirmer.

Je suis du genre méfiant.

D'aucuns me qualifient de chiant.

Des poètes amoureux de la rime, je ne m'en formalise pas.

Sur la thyroïde non plus, toujours pas d'avis tranché, La toubib m'a prescrit une échographie. Ensuite il faudra consulter un endocrinologue. Il jugera s'il est nécessaire de biopsier.

Je constate que dans ce monde, une tendance anarchiste pour une cellule, c'est aussi mal vu que pour un humain. La petite différence, les cellules cancéreuses n'ont pas compris que l'anarchie c'est l'ordre sans l'autorité. Elles sont dans l'acception fausse du mot, entretenu par nos élites et la doxa. Pour nos dirigeants, l'anarchie c'est forcément le bordel, pour justifier leur nécessité d'exister, pour que nous puissions jouir de cet ordre si joli dans les têtes. Nos jardins à la française de la pensée.

En marche vers la décrépitude

Le grand Léo Ferré me chante Les Anarchistes.
Y'en a pas un sur cent et pourtant ils existent
La plupart Espagnols allez savoir pourquoi
Faut croire qu'en Espagne on ne les comprend pas
Les anarchistes .
On est, on est champions!
Tas de cons!

Je me demande si je ne devrais pas changer de médecin référant. J'aurais peut-être plus vite fait d'en choisir un possédant une spécialité plus adaptée à mon état futur. Généraliste c'est idéal pour les "bien-portant", les enrhumés. Pour moi, un médecin légiste serait plus adapté, plus en phase avec ma problématique comme disent ceux jargonnant psychanalytique. Il faut prévoir l'avenir. L'anticipation, évite bien des mauvaises surprises.

Le rendez-vous avec le chirurgien arrive.

Prenant la posture adéquate, il me confirme la récidive. Il a cet air désolé, avec une touche d'espoir dans l'oeil du gars qui possède la solution pour me sortir de ce merdier où ma biologie défaillante m'a fourré.

À l'hôpital d'Angoulême, dont Barbezieux dépend, le rognologue a fait confirmer le scanner par plusieurs spécialistes. Dans la confrérie des oncologues, ils sont tous du même avis. Vote à l'unanimité.

Il m'annonce le résultat du match après visionnage de la vidéo:
Je suis, je suis champion.
Le pauvre con, c'est moi, ce coup-là!
Score:
              Gaston 1 - Moi 0.

Un score susceptible d'évoluer défavorablement une fois passer

En marche vers la décrépitude

chez l'endocrinologue.

L'artiste de la sculpture sur rognons me propose de fixer une date pour l'ablation de mon organe squatté. Il y va de son couplet.
Me dit, c'est peu de chose, trois fois rien.

Il est vrai que rien, ce n'est pas grand-chose, alors trois fois rien, c'est encore moins... Il ajoute, une fois le rein retiré, tout rentrera dans l'ordre. L'homme me met en garde, à trop attendre, il y a des risques de métastases aux poumons, au cerveau, au péritoine ou sur d'autres pièces détachées ayant élu domicile dans mon bide et sa périphérie... Me certifie qu'un seul rein suffit pour faire le boulot, pour trier le bon grain de l'urée.
Moi qui voulais laisser pisser... laisser traîner, laisser durer...
Pisser de l'urée...
Gag.

Alors pourquoi, des reins nous en avoir fait deux, pas deux coeurs, deux foies? Prévoir pour chaque organe une procédure dégradée.
N'y a-t-il pas de cancer du coeur?
Un seul foie, un seul pancréas, pourtant des cancers pour ces solitaires, il y en a plein les pages de la rubrique nécrologique.
Hou, hou, le créateur, il faudra m'expliquer ta logique. Deux reins, deux bras, deux jambes, deux testicules, deux yeux, deux poumons, deux trous de nez... pour le reste un seul exemplaire.
Une bouche, un sexe, un nez, une tête, un trou du cul. Quelle est l'idée directrice, camarade divin?
Dieu devait être bourré au moment de concevoir les organes solitaires, il les voyait double, ce camarade est plus du vin que divin...

J'ai du mal à l'idée de me séparer de mes organes. J'ai

En marche vers la décrépitude

gardé mes amygdales, mes végétations, mon appendice... alors, à mes rognons, j'y tiens comme à la prunelle de mes yeux... Je dois avouer, j'ai même du mal à me séparer de mes kilos en trop. C'est pour souligner mon côté conservateur pour toutes mes cellules, même les adipeuses, dans le domaine de l'héritage génétique. Elles me relient à mes ancêtres, la seule chose vivante me parlant d'eux.
Je suis un tout. Toutes mes cellules contiennent des messages de mes aïeux. Je ne suis pas seulement moi, je suis leur prolongement. L'ovule et le spermatozoïde à l'origine de ma création portaient les informations venues de la première et du premier de ma lignée. À chaque transmission, de génération en génération, des messages se sont ajoutés.
Avec des pièces en moins, je ne serais plus moi, il me manquera des informations. Une sorte de trahison.
L'équilibre sera rompu.
Toute ma personnalité deviendra instable, bancale, explosive.
Je me transformerais biologiquement en un autre.
Imagine le truc! Particulier comme je suis, le gus différent, l'incomplet se prenant pour moi... avec un peu de chance, je ne pourrais pas le blairer. Je l'aurais dans le nez. Un conflit entre mon nouveau ce que je suis devenu, et l'ancien de ma mémoire, celui qui j'étais.
Non et non, je n'abandonne pas mes organes...
Tous ensemble, tous ensemble ouais, ouais...
Tous ensemble, tous ensemble ouais, ouais...
Ne rigole pas, ne te fous pas de ma gueule, je ne saute pas comme un cabri de manifestation, comme le premier syndicaliste primaire venu. Le gus déclarant, le travail c'est la dignité de l'homme... Mon cul c'est du poulet?
C'est d'avoir un minimum de pognon pour vivre qui rend

En marche vers la décrépitude

digne...
Si le travail était la dignité de l'homme, putain ils devaient être super-dignes les esclaves. Je ne ridiculise pas la classe ouvrière moi, je la défends, pas avec des arguments à la con, des exigences de soumis, de larbin. La dignité c'est la liberté, la possibilité de réfléchir, de construire son sens critique, la recherche de toujours plus de connaissances, de savoir... Le travail, t'aliène, t'empêche d'être, t'abrutit, te rend con.
Le travail, dignité mon cul, oui!
Solidaire oui!
Ridicule non!
Il me reste à trancher la question, la seule digne d'intérêt, si à mes organes, j'y tiens plus qu'à la vie....
Ou pas.
En observant comment tout évolue autour de moi, la direction prise par ce monde, contemplant cette immense connerie qui s'abat sur l'humanité, je crois que je vais choisir l'option:
"ou pas".

En marche vers la décrépitude

Chapitre 8

Flash back et bistouri.

      Une nouvelle opération envisagée! Un nouveau tour de passe passe. Dans ma main droite, j'ai un rognon qui craint, avec un cancer dessus, il est contaminé. Dans ma main gauche, un chirurgien fourbissant son bistouri.
Le diable rit dans son coin.
Gene Vincent chante:
"Race with the Devil".
Abracadabra, regarde bien, je mélange mes mains.
Hop là. Il n'y a plus de rognon, il n'y a plus de cancer...
"Bye bye Love"
chantent les Everly Brothers.
Le magicien du scalpel mériterait que je lui en serre cinq, si ce n'était pas une fiction.
Little Richard approuve,
"Shake a Hand".
Et après? La même vie, la même société, le même président, le même monde libéral.
Qu'ils aillent tous se faire foutre!
Je vais laisser sa chance au produit. Laissons une chance à ce con de cancer, à Gaston. Un combat à la loyale, biologie contre

En marche vers la décrépitude

biologie. Rien dans les manches, tout dans la tête...
Je chante avec Jerry Lee Lewis,
"Rockin My Life Away"...

Des images de ma dernière intervention bistouricale me reviennent à l'esprit. La salle d'opération, je connais déjà, pourquoi faire bégayer l'histoire?

Je me revois sur le chariot, en calbute non tissé, façon filet de pêche pour poiscailles distraits, à petites mailles pour choper le menu fretin. Pour compléter le tableau, je suis vêtu d'un haut jetable, d'un bleu qui n'avantage pas mon bronzage. Allongé sur mon brancard, dans la file, j'attends mon tour. Les brancardiers nous descendent en avance pour ne pas faire perdre de temps aux artistes du service scalpels et pinces à clamper.
Rentabilité.
La salle doit fonctionner en continu. L'attente n'est pas codifiée. Nos libéraux n'ont pas encore eu l'idée d'installer des bornes de stationnement payant dans l'antichambre de la salle de découpe... Faisons-leur confiance, ça viendra, comme de nous faire payer l'air que nous respirons. Ces gens ont la taxe imaginative. La ponction de notre pognon créative. La punition financière à prétexte écologique, généreuse.
La salle se libère.
Dans ma tête... Jacques Brel gueule:
"Au suivant" .

Ce n'est pas un bordel mobile de campagne, juste la salle "d'opérations". Elle mérite un pluriel. Elle ne refroidit pas. C'est la découpe à la chaîne, pour de l'abat en fin de vie, de l'organe qui merdoie, de la tripaille à raccourcir, de la cellule perdant le contrôle. À l'intérieur, ça coupe, ça découpe, ça retire, ça remplace, ça greffe. Il faut être rentable camarade. De

En marche vers la décrépitude

ta naissance à ta mort, sur tes zigs, le monde libéral a du pognon à se faire.

Je me les gelais dans ce couloir sinistre, lugubre, un endroit à filer la déprime au prince des optimistes.
Est-ce l'antichambre des enfers?
J'avais vérifié mon gros orteil, pas encore d'étiquette à mon nom. C'était rassurant, je suis encore vivant.
Dans les tiroirs de la morgue, si ça se trouve, tu cailles encore plus que là. Pour le confort du macchabée, ne font pas dans le petit nid douillet. Décidément rien n'est organisé pour attirer le chaland visitant sa fin de vie. Ils ont l'assurance des gus bénéficiant du monopole pour te vendre de l'obligatoire. C'est à te dégouter d'envisager de finir ta vie en allongé...

Elle s'en fout l'anorexique à la faux, n'a pas la peau sur les os qui se chair-de-poule, pas de bidoche bleuissant, tremblotant de froid, ne peut grelotter que des os, l'effet castagnettes. Les frottements, les chocs de ses osselets, la réchauffent. L'effet micro-onde!

C'est mon tour. De l'agitation soudain dans le couloir. Croisement de chariots. Il sort, j'entre. Je croise ce confrère découpé, recousu, il part pour la salle de réveil. Je lui ai souhaité bonne bourre... Faut bien rigoler! Il n'est pas réveillé, pas de calliphoridae ni de muscidae autour de lui, il doit être vivant... Un bon critère les mouches pour dater ta date de crevaison. Je suis poussé vers la table de sacrifice, l'autel de la vivisection. Je me fais basculer du chariot sur cette table spécifique. Le spectacle n'est pas commencé, les spots sont encore éteints. Je n'entends même pas bruisser le public.
Les spectateurs sont-ils venus?
Vais-je faire un bide?
Parmi les masqués m'entourant, pas de tête d'Aztèques. Une

En marche vers la décrépitude

table de sacrifices, je me méfie. La vedette du bistouri et ses roadies, de bide, eux vont se faire le mien. Attends, les vedettes ce ne sont pas les gus autour de la table, tout chirurgiens qu'ils sont.
Oh, les masqués, sans nous les opérés, vous ne seriez rien... Mets le spot sur moi coco!
Back stage ça discute, ça prépare le matériel.
Je jette un oeil tout autour. Pas un reste de bidoche du client précédent. Des vrais pros les nettoyeurs. Si le gus d'avant venait de Normandie... Ce soir au menu, y aura-t-il des tripes à la mode de Caen? Moi, je serais sur le menu à la rubrique, "rognons sautés sauce madère accompagné de ses petits champignons" si le cuistot s'est chopé une mycose.
Ce sera de la nouvelle cuisine, il n'y aura pas grand-chose à lucher dans l'assiette. (Lucher, se mettre sous la dent, pour ceux qui ont séché les cours de Saintongeais, ne lisent pas Goulebenéze dans le texte). **Nouvelle cuisine, grandes assiettes, petites portions...** Soudain il me vient une idée, ils devraient de préférence piquer les rognons d'un dromadaire, c'est ce qui va le mieux avec le madère.
Pour la rime, pas pour la cuisine...
Je ne pouvais pas la laisser passer celle-là!

Je revois l'anesthésiste me piquer six ou sept fois sur le dessus de ma main, sans trouver la veine. Ce n'est pas anesthésiste sa vocation, elle devrait s'orienter vers un emploi de machine à coudre! C'est vachement douloureux sur la main. Une fois, deux fois, trois fois, quatre fois... je supporte. Mais là, ma main devenue bleue, plus une veine en état, un réflexe d'auto-protection. Je dois sauver ma peau. Je lui crie d'arrêter, si elle continue à me torturer, je la menace de lui foutre mon poing sur la gueule.

En marche vers la décrépitude

J'en suis certain, c'est la fille de Klaus Barbie. Il me faudra vérifier ses antécédents familiaux. Au minimum, elle devait avoir des ancêtres dans la milice, ce n'est pas possible autrement. Prendre autant de plaisir à me torturer sans avoir posé la moindre question. Une dérangée de la cafetière pour sûr...

    Autres désagréments en vue:
Une fois opéré, de nouveau équipé de la sonde urinaire, de son tuyau qui me sortira de la bite... Pour me déplacer, avec au bout la poche à pipi, je ressentirais ce que vit un forçat traînant son boulet.

    Ce n'est qu'un combat, continuons le début, criait-on en mai 1968. Et ça continue!

    L'humiliation suprême arrive. Je devrais chier au lit, couché, le cul posé sur un bassin peu profond. Ma dignité m'a constipé. J'ai mal au bide, ne peux forcer pour ne pas tirer sur les coutures, éviter de voir sortir un bout de tripaille nappé de sang pour l'accompagner. J'hésite à larguer des l'étrons de bonnes tailles, la peur de leurs débordements d'affection, qu'ils veuillent m'embrasser Fanny trop goulument.
Autre frein à l'envie de pondre, savoir qu'à la fin, une pauvre aide-soignante viendra pour me torcher le cul. Je suis là, ridicule, mon pauvre matériel exposé dans sa plus défavorable présentation. Pour ajouter à mon déshonneur, j'ai l'odeur de ma ponte qui me flatte les narines.
C'est les gaz de la narine....
De la vanne pour la vanne. Désolé!
C'est décidé je ne bouffe plus, pour ne plus chier de toute mon hospitalisation.

    Dans leur salle de repos, ces dévouées aides-soignantes, pour décompresser, notent-elles les odeurs. Décernent-elles un

En marche vers la décrépitude

Oscar du plus reniflant?
      Je t'entends analyser ma situation.
Tu te projettes...
Tu hésites à le penser...
Non?
Vas-y, fais-toi plaisir, avec ce putain de cancer, n'hésite pas à dire que je suis dans la merde. Du bassin à l'idée, il n'y a qu'un pas.
      Ajoute à ce moment, où je me sens plus misérable qu'un putois odorant, pour faire bonne mesure, arrivent les humiliations mineures. Je dois rester deux ou trois jours sans pouvoir me laver les cheveux...
Tout ça, c'est déjà beaucoup.
Mais le pire est à venir. La deuxième lame de l'effet Kiss-Cool. Ce pire, c'est la bouffe infecte. Nous serions des bestiaux non humains, "le Front de Libération des Animaux" interviendrait.
      Pour maigrir, c'est idéal. C'est une sorte de "Comme Je N'aime Pas". Un service vraiment très efficace pour perdre du poids. Tu arrives rondouillard équipé d'un cancer débutant, au bout de trois jours, tu ressors avec le look gagnant au tirage de la loterie des métastases. Les autres joueurs te regardent avec envie, tu sembles avoir gagné toutes celles connues et inconnues à ce jour.
      Les séjours hospitaliers ont été abrégé pour ne pas faire de concurrence déloyale aux officines qui, à longueur d'écrans publicitaires, envahissent nos téléviseurs pour nous faire perdre du poids. Publicités glissées entre deux autres nous vantant de la bouffe industrielle nous transformant en obèses, en diabétiques, nous offrant en prime, leur petit plus d'additifs... cancérigènes. Cancérogènes?
Choisis entre les deux le bon mot, il te faut bien bosser un peu,

En marche vers la décrépitude

je ne peux pas tout faire!
La boucle est bouclée, la logique libérale... Le mal et le remède offerts en un seul lot.

Hospitalisé, au petit matin, dès mon réveil difficile, j'ai mal dormi, ma nuit a été entrecoupée de prises de tension, d'arrivées de thermomètres indiscrets, par les gueulements de douleur de quelques voisins à péremption indécise. Un repos en pointillés. j'ouvre les quinquets, complètement crevé. Encore dans les vapeurs de la nuit, les yeux gonflés, les cheveux hirsutes et graissés, les dessous-de-bras diffusant leurs phéromones, l'entre-jambe qui tente son garde-à-vous matinal, contrecarrée par le poids de la sonde urinaire. De ma chambre, je sens venir du couloir, l'odeur infecte d'une solution fétide. Ils la nomment "le café". Elle précède, annonce, la femme de service, plus efficacement que le roulement de tambour du garde-champêtre.

Le garde-champêtre qui pue qui pète, qui prend son cul pour une trompette et sa quéquette pour une baguette.

Une comptine enfantine que nos lardons ne connaissent plus. Le règne des "DS" a remplacé celui des déesses et des fées.
C'est le progrès...
Revenons à notre café!
Cette lavasse n'est pas seulement imbuvable, elle est en plus nauséabonde.

(Une parenthèse. Aucune ONG se gargarisant de droits de l'homme ne s'insurge contre cette torture olfactive infligée journellement à ces pauvres femmes qui nous servent. Est-ce par ce qu'elles sont des immigrées originaires des pays de l'est ou d'Afrique. Comme pour ceux qui, sans protection, réparent le coeur de nos centrales nucléaires. Pas beaucoup de réactions...)

En marche vers la décrépitude

De leur vie, de leur santé, nos droits de l'hommistes s'en foutent. Ils ont l'indignation à géométrie variable. Dans les causes possibles, ils privilégient celles les valorisant dans les journaux télévisuels.

À moins qu'ils ne soient que les idiots utiles de la caste qui nous gouverne, nous manipule... Dans ce monde libéral, la quantité d'idiots utiles atteint un nombre impressionnant.
On est, on est, on est champions, on est, on est, on est champions...
Pauvres cons!

Lors de mon dernier séjour hospitalier, au petit déjeuner, je demandais de l'eau chaude, j'utilisais mes propres dosettes de café lyophilisé. Il y a des degrés plus ou moins acceptables dans le dégueulasse.

La politique de santé, actuellement, est d'écourter le plus possible la présence du malade à l'hôpital... puis constatant le peu de présence de malades dans l'établissement, l'hôpital est fermé... Pour te faire soigner il faut faire des kilomètres avec ta voiture. Rentabilité! Là, arrivent les écolos des villes, les fils à papa, ils affirment que ton diesel pollu. Te voilà surtaxé. Pas con comme idée pour te dépouiller. Ils t'obligent à prendre ta voiture pour te faire soigner, te font dépenser ton pognon pour le carburant surtaxé, te traitent de pollueur, te culpabilisent. Sur le chemin de ton urgence, te flashent au radar pour leur argent de poche, puis te surtaxent pour t'apprendre à ne pas vivre dans leurs villes où les loyers ne te sont plus accessibles. Leur spéculation! Le monde merveilleux des gribouilles où le connard Goullet de Rugy, du ministère de l'écologie, explique aux smicards qui ne peuvent plus joindre les deux bouts, qu'ils doivent acheter une nouvelle chaudière, changer leur vieux véhicule pour une voiture toute neuve, au nom de l'écologie,

En marche vers la décrépitude

pour que lui respire mieux dans ses quartier huppés. Le smicard, surendetté, étranglé, il y a longtemps qu'il ne respire plus. Quand tu bosses dur, tu n'as pas la possibilité de te faire une galette comme les payés à ne rien foutre, si ce n'est de faire chier le prolo au nom des bons sentiments. Il est temps de fourbir ses piques! À ça ira, ça ira....

La chirurgie, la médecine, tout est ambulatoire... Bientôt pour ne pas perdre de temps, ils viendront te diagnostiquer, t'opérer, te penser, le tout sur le trottoir. Pour cette raison, la prostitution sur la voie publique a été interdite. Une loi nous évitant de confondre personnel médical et péripatéticien (ou cienne)... Pourtant facile de les différencier à première vue. Il y a ceux pouvant te donner de la souffrance, et ceux proposant de te donner du plaisir, ceux demandant d'abord ta carte verte, et ceux exigeant le payement d'avance avec ou sans carte bleue... Il y a des convergences... parfois tout s'inverse...

Toi, allongé à l'arrière de ta bagnole, la fenêtre ouverte pour ne pas ralentir les gestes de la chaîne des stakhanovistes du bistouri et de la compresse iodée. Il te suffira de rouler lentement pour te faire trifouiller la tripaille, scotcher la coupure, plâtrer la fracture. C'est un grand bond en avant. Le grand bond en avant, expression chère à Mao Tsé-Toung (ou Zedong suivant la mode du moment), **dans la réduction des coûts. Tu n'auras même pas de frais de parking.**
Allez, allez, roule ma poule!

Dans les villes de grande ou de petite solitude, la vitesse est limitée à un nombre de plus en plus faible, pour permettre au bistouri téléguidé de te découper à l'endroit précis où il faut. Il est obligatoire que ça tourne, que ce soit rentable. Le 24/24 H, 7/7 J...

Cancers et métastases   143 Il faut savoir sourire de tout

En marche vers la décrépitude

Je peux l'affirmer, ceux qui tirent les ficelles, derrière nos pantins de gouvernants, ceux leur animant les lèvres, leur passant la main par le cul, se donnent totalement les moyens pour obtenir ces résultats.

Pour t'amener à penser comme eux, ils possèdent la méthode. L'idée doit venir de toi, tu vas réclamer la chose, ils feront semblant que tu l'exiges... Ces financiers voyant les malades bien rangés dans des cases, en parts de marché, en marge possible, ont trouvé la solution. Pour t'obliger à te convertir à leur programme, ils ont déniché la super idée:
Te dégouter de rester allonger sur ton lit d'hôpital pour cicatriser.
Te filer la trouille d'entendre dans les couloirs le cri glaçant du plateau-repas. Cette arme de destruction massive de toutes tes papilles.

Pour finir de te convaincre de déguerpir de l'hôpital, pas plutôt sorti du bistouri, ils agiteront en finale le nosocomial.
Depuis Pavlov, ils connaissent le truc.

Devant la bouffe qui t'est servie, même cloué sur ton lit, tu n'as qu'une envie, une seule, lorsque tu entends racasser dans les couloirs leurs casseroles... c'est de fuir, de te tirer, de te carapater, avant de finir victime de ce crime abominable.
Ami, entends-tu le chariot noir de la bouffe avançant dans nos couloirs?
Ami, entends-tu les cris sourds des patients en proie au désespoir..
Barre-toi, ne subis pas ce châtiment ultime, ne risques pas la vie de tes papilles..
Te voilà converti à l'ambulatoire.
Chez toi, la bouffe sera la tienne, tu auras droit aux petits plats pour gourmets, avec le petit plus, pour reconstituer tes globules

En marche vers la décrépitude

rouges, le verre de Pommard faisant couler le tout. Tout ça te conforte dans l'idée, c'est chez toi qu'il faut te soigner.

Maintenant la vraie question se pose. La seule qui vaille si tu y réfléchis!
Une opération pour me sauver la vie?
Ok, super bonne idée.

Pour m'inciter à en avoir envie, préalablement, année après année, il n'aurait pas fallu s'ingénier à me la pourrir, cette putain de vie.
Vivre encore un peu.
Une phrase de condamner devant son bourreau.
C'est ambitieux!
Pour faire quoi?
Pour poursuivre quel but?
Pour tendre vers quoi?
Pour quels vastes horizons?
Vieillir simplement? La belle perspective.

J'ai regardé autour de moi les vieux en attendant leur départ. Ceux alignés sur le quai, gare de la fin de vie. Ceux traînant hagards, après avoir dépassé le désespoir. C'est long, très long, trop long, cette vie morne, sans avenir. Attendre des jours, des semaines, des années, en mode végétatif, c'est fatigant, surtout chiant. D'un être humain, tu redeviens juste un consommateur. Tu participes à la croissance de ton pays. Moins utile qu'une abeille, elle, de ses entrailles transforme le nectar en miel, en gelée royale, en cire... Toi végétant sur ton banc, sans plus une once de conscience, te voilà devenue une usine à transformer, tout ce que tu avales, en merde,. Tout ça pour quelques millionièmes de PIB en plus. Heureusement de Francfort, Aloïs Alzheimer a donné son nom à la solution te permettant de supporter ce nouvel état... Ton présent sera

Cancers et métastases   Il faut savoir sourire de tout

En marche vers la décrépitude

érasé. Tu vivras seulement dans ton passé. Ta chance de ne plus pouvoir regarder vers ton avenir des plus sombres.

Finir à l'hospice. Passer tes journées à baver, à renverser tout ce que touche le tremblement de ta main. Ne plus te rappeler où tu as posé ton dentier, si tu en es doté. Chier, pisser, dans ton froc, sans t'en apercevoir. Chaque jour, attendre la mort, comme d'autres attendaient Godot. Tous, tes congénères et toi, alignés en rangs devant un écran enconnant, contemplé le regard vide, le cerveau en pause. Membre de la confrérie des fins de vie, tu attends le final, sans plus en avoir conscience. Le soir constatant avec tristesse que l'issue n'était pas venue, s'il te reste quelques secondes de lucidité, le crépuscule venu, tu te retrouves en bande, sans intimité, dans la promiscuité, à bouffer des carottes vichy, de la barbaque bouillie, des pâtes fourrées au minerai de cheval... sans parler du spectacle des concours de bave, de décoration de plastrons, dans cette odeur de bouffe cuisinée sans coeur, tambouille pour collectivités. Il est impératif que la dépense pour la pitance, chaque jour, tienne dans l'enveloppe du fric restant de ta mensualité, lorsque les dividendes des généreux exploiteurs ont été encaissés.
Sais-tu combien ça coûte une louche de caviar Béluga Impérial?
255 € les 30 grammes...
Alors pour une louche, il en faut des dividendes.
Sont cons ces pauvres, ils croient que tout tombe gratuitement du ciel, ne sont jamais allés chez Pétrossian, se justifiait l'actionnaire de l'EPADH.
Espérer que demain sera la bonne journée, celle où tu pourras rejoindre tes copains, les plus malins, ceux déjà partis... les pieds devant.
Il me faut évacuer les prévisions du biologiste Australien Frank

En marche vers la décrépitude

Fenner. Avant de mourir, il avait prévu la fin de l'humanité (pas le journal) pour la fin de ce siècle, si notre course "tête contre le mur" se poursuivait. Elle le fait, rassurez-vous!

Listons les avantages fantastiques que m'offrirait l'opération anti-rognon. Ceux liés au choix de rester en vie à tout prix:
-Montrer à Gaston qu'il n'aura pas le dernier mot. La beauté du sport? Une fierté mal placée.
-Prouvez la maîtrise du chirurgien, la prouesse de son geste technique. Il démontre grâce aux petits trous dans ma panse, qu'il n'a pas besoin de m'ouvrir de la glotte au sacrum, la peau du bide clouée sur une planche de dissection, pour charcuter mes abats?
Pas vraiment une motivation qui me concerne.
-Me permettre de finir ma vie d'un truc plus mode, plus branché, une over-dose de Clos d'Ambonnay de chez Krug ou de je ne sais quoi ?
Cela change quoi?
Les gus... propriétaires de la morale à deux balles, celle des mecs qui tendent l'autre joue, celle des bons sentiments sirupeux dégoulinants de la collection harlequin.
Stop! N'en jetez plus!
S'il vous plaît, arrêtez de décider pour moi. Vos idées à la con, achetées en soldes au rayon du prêt à penser, gardez-les dans vos poches avec votre mouchoir par-dessus. Je ne vous impose pas les miennes, ne m'imposez pas les vôtres. Vous vous les appliquerez à vous, pas à moi, comprenez-moi.
Non je n'élucubre pas. (Pour ceux qui ont reconnu la chanson).

Pour les surcoûts financiers liés à la satisfaction de votre confort moral... l'utilisation inutile des services des soins intensifs, les jours supplémentaires infligés aux morts en sursis,

En marche vers la décrépitude

les horribles douleurs physiques et mentales subies par les presque partis, pour les jours prolongeant en vie des futurs macchabées où, allongés sur des alèses hospitalières, ils baignent dans les escarres, le pus, les urines et les fèces, (pour éviter de dégouter, en termes choisis cela fut dit), pour la mobilisation inutile et coûteuse d'un personnel surchargé, plus utile pour s'occuper de ceux pour qui, le mot espoir de jours meilleurs, a encore un sens... Pour toutes ces exigences inutiles, les coûts des suppléments devraient rester à votre charge.
Payez les mecs! Le surcoût pour torturer votre prochain n'est plus dans le forfait. Votre hypocrite bonne conscience a des relents de mort.
Pourquoi la collectivité devrait-elle prendre à son compte le surcoût des caprices, des croyances, des lubies?
À ces derniers mots, s'il faut mettre la main dans sa propre poche, la conscience est moins absolue... Le raisonnement devient soudain plus terre-à-terre.
   Je suis solidaire oui, si cela apporte quelque chose de positif, sauver une vie ayant un avenir. Couillon non, je ne veux pas payer inutilement pour une idéologie à la sauce curaille, surtout ne pas prolonger des souffrances inutiles. J'allais dire gratuites, ce qui pécuniairement, laissait planer comme une ambiguïté.. Je n'ai pas fait école de la Gestapo.
On est champions, on est, on est, on est champions.
Bande de cons!
J'entends, ici et là, fais-toi opérer, ce n'est pas grand-chose, un petit moment de désagrément, puis tu es guéri!
Fais le pour toi, pour tes proches, pour ton entourage... pour quoi pas pour mon âne, pour mes poules, pour le coq me mattant le fion, pour les pissenlits, pour les virus cherchant des hôtes... la liste n'est pas exhaustive.

En marche vers la décrépitude

De la belle phrase qui culpabilise. Salauds, allez vous faire foutre!
Coco, c'est de ma vie dont il s'agit...
Pour l'entourage je fais partie du décor, occasion d'un nouveau départ, d'un renouvellement de l'environnement. Il ne vit pas dans ma tête, dans mon corps, dans l'idée que je me fais de ce que je dois être.
Une fois libéré de ma présence, mes proches, comme ont dit, seront peut-être soulagés de ne plus subir ma tronche?
Pourquoi tient-on tant à me la prolonger cette putain de vie?
Jusqu'à quand?
Pour faire quoi?
- Pour que je puisse continuer à payer des impôts, permettant de construire de jolis ronds-points ne servant à rien, si ce n'est à financer des campagnes électorales?
Pour demeurer un bon consommateur docile, bouffant leurs pesticides, leurs perturbateurs endocriniens, leurs additifs cancérigènes, tout en leur garantissant des marges confortables? (Le prix de leurs saloperies, n'est pas le prix de revient plus un petit bénéfice. Il est défini comme le prix maximum que ce con de consommateur est prêt à payer pour acquérir sa merde idéalisée. Des mecs sont intervenus, ont brainstormé, des qui ont fait "études de comment peuvent-ils nous baiser la gueule" dans leurs Hautes Ecoles de Commerce. Les mêmes individus spéculant sur les matières de base pour nourrir l'humanité. Ils ont plus de morts sur la conscience qu'Adolf et Joseph, réunis... Des héros enviés, ils sont dans le camp des vainqueurs. Ont la trouille de passer dans celui des vaincus... Changeraient de statut les gus. Criminels contre l'humanité, c'est vite arrivé, si tu changes de camps.)
-Pour que je reste présent dans les esprits, ne pas être victime

En marche vers la décrépitude

de l'oubli, ce mal pernicieux sapant lentement les mémoires, estompant rapidement les pensées?
Être oublié, quel est le problème? Certains le sont même de leur vivant.
Le temps de l'oubli est toujours très court comparé à celui de l'infini.
-Pourquoi cette pensée dominante que l'on nous instile? Garder le macchabée dans sa mémoire. Le marché du souvenir doit générer des dividendes.
-Ont-ils peur des surplus d'invendus leur restant sur les bras, si tous les conscients de leur inutilité décidaient de partir en même temps. Des victimes du sadisme moralisant, se dispensant du même coup des jours de souffrance inutile, ceux sans espoir. Tous ces malheureux prolongés en vie pour le plaisir d'avoir le bruit du goutte-à-goutte des perfusions, des pompes à morphines distribuant juste ce qu'il faut, mais pas trop, pour les rendre comateux sans tutoyer l'over-dose, étendus sur le dos, le cul couvert d'escarres, où les doigts des soignants s'enfoncent joyeusement?
-Pour, collectivement, grace à notre boulimie consumériste, maintenir la progression du PIB du pays, enrichir encore plus les actionnaires des usines de ces merdes qu'ils nous imposent de bouffer avant de les chier... et réciproquement?
-Pour profiter de cet avenir radieux dictatorial, empilés tous pareils dans des silos de vie, concoctés, pour plus de rationalité, par nos ultra-libéraux?
Faut être moderne Coco!
Tous stockés au même endroit dans des cages à lapins, ça limite les frais de fonctionnement. C'est aussi plus facile pour réprimer les velléités de rébellion.
Ils profitent de chaque catastrophe naturelle pour te ranger à

En marche vers la décrépitude

l'idée. Pour ta sécurité bien sûr!
Faut être moderne te répètent-ils. Ton avenir c'est bouffer du numérique, du virtuel, le réel ne sera plus dans ton budget.
Moderne mon cul!
-Pour me restreindre sur tout, vivre de plus en plus chichement, médiocrement, survivre plus que vivre dans ce monde où les parasites, nous exploitant, répugnent de plus en plus à nous laisser quelques miettes des richesses que nous créons, ou avons créées, pour eux?
    Faut être conscient de la fin prochaine de l'humanité.
Les causes probables sans ordre chronologique?
L'inversion de polarité de la terre, elle va nous plonger, pendant des années et des années, dans le monde sans bouclier magnétique, exposés à toutes les radiations solaires.
Le réchauffement non maîtrisé de la planète.
Les grosses météorites qui nous foncent dessus. Demande aux dinosaures si tu crois l'idée folle.
L'épuisement des ressources, les batailles pour s'approprier les dernières molécules.
L'effondrement du monde financier, il nous transformera en bêtes féroces pour nous emparer du peu de vivres sauvées provisoirement.
    Nos élites accumulent le plus possible de richesses pour se payer le voyage sur une autre planète, nous laissant ici-bas dans notre merde...
Où partiront-ils?
Ce ne sera pas sur Mars ni sur Jupiter, mais sur la planète de leur connerie sidérale.
    Vivre plus vieux pour augmenter le nombre de sujets sous la coupe nationale de nos dirigeants. Ce nombre, plus il est grand, plus il fait bander le chefaillon de notre bande de cons

En marche vers la décrépitude

résignés?
Vivre pour réaliser les quotas d'auditeurs nécessaires aux vanités de perroquets, ces larbins médiatiques, vomissants chaque jour la propagande de nos politicaillons aux mains sales, me donnant la nausée.
Vivre pour voir proposer à ma petite fille, par le petit groupe du dessus du panier, un avenir de merde, uniquement pour que le leur soit des plus radieux?
Vivre, en restant spectateur, contempler impuissant ma descendance directe qui, par sa faiblesse frisant la lâcheté, se fait sucer le sang, puis dévoré lentement, par sa mante religieuse.
      Avant de lui mettre le grappin dessus, ce brave parasite doté d'une progéniture, cherchait de toute urgence à se reloger. Profitant d'une période de désarroi du naïf, faisant suite à une séparation, elle lui est tombée dessus comme la vérole sur le bas clergé. Assistée permanente, plus feignante qu'est supposée être la couleuvre sous un soleil d'été, elle passe son temps à se selfier sous toutes les coutures la tronche. Images qu'elle exhibe après passage sur Photoshop, aux hardes de frustrés guettant les femelles exhibitionnistes sur Face Book. L'ego flatté par l'hypocrisie des commentaires de fayots. Bandes privées de coïts festifs, rêvant d'avoir une chance de tirer un coup. Du virtuel, du numérique bien sûr, leurs mains vaginales confirmeront.
Vivre pour observer la disparition de tous les acquis sociaux en échange de gadgets numériques, de football et de jeux rackettant des gus rendus minables, ne trouvant pas à payer assez d'impôts?
Vivre pour figurer parmi ces conditionnés croyant plus en la divine chance qu'en la révolution?

Cancers et métastases   152 Il faut savoir sourire de tout

En marche vers la décrépitude

Ont de la merde dans les yeux, ne voient pas le résultat?
Vivre cette évolution du tout mercantile de la société. Une réforme moderne qu'ils répètent, mantras de moulins à prières...
Les impudents!
Moderne? En quoi la régression sociale pour le peuple est-elle un signe de modernité?
Moderne mon cul oui!
Wake up!
Partout des ronflements, il est déjà trop tard, ils ont tous été transformés en définitivement cons...
Allez les profiteurs, un peu de courage, grace à la mondialisation, transformez-nous en loquedus ayant le niveau de vie des habitants de la République démocratique du Congo. À vos yeux, la seule chance de nous rendre compétitifs.
Une fois ce stade atteint d'insolvabilité, de pauvreté, qui achètera vos merdes conçue ici, fabriquées à l'autre bout de la planète par des esclaves invisibles à nos yeux? Patrie des droits de l'homme oblige! Droits de l'homme mon cul!
Ce paramètre, pour vendre encore faut-il avoir des clients solvables, n'était pas dans la même étude économique, pas de vision globale, juste des larbins de spécialistes du segmentaire, des économistes vendus, de ceux connaissant tellement les réalités de la vie, qu'ils finissent par se masturber devant les perceuses de Castorama ou autres paradis des bricoleurs. Vouloir baiser des perceuses, jouir en regardant avec lubricité des chignoles... ils s'étonnent ensuite de la baisse de la natalité.
Il la déplore, ces adeptes de la croissance à tout prix, même au prix de leur propre disparition... Pourtant la seule chose positive pour l'environnement.
Propagande, propagande.

Cancers et métastases   153 Il faut savoir sourire de tout

En marche vers la décrépitude

L'alliance du fric insolent et des religions enconnantes!
Vivre pour voir la planète tarie pour plaire aux enfoirés d'économistes, qui raisonnent statistiques, moyennes, ratios, progressions du PIB par tous les moyens, grace à une politique nataliste forcenée. Ils ne pensent jamais humains. Des larbins qui n'imaginent que partiel, à court terme, à la solde de la caste imposant sa vue aux Béotiens, avec la complicité de la gent médiatique. De soi-disant éminents spécialistes faisant semblant de ne pas voir que si la population mondiale doit être en progression permanente pour être en phase avec leurs courbes théoriques de croissance économique et de PIB. Cette théorie de la fuite en avant, de ces connards pensant:
après moi le déluge?
La terre elle n'est pas, comme leur idée stupide de l'univers, en expansion. L'infini en expansion, laissez-moi rire. La connerie, oui.
Plus nous sommes, moins il y aura de bouffe par personne à se partager dans le frigo. Dehors les étals se vident, les réserves s'épuisent. La nature n'a pas de planche à billets pour alimenter la bêtise!
    C'est vrai que tout ça donne une putain d'envie de vivre plus longtemps, ça me motive grave...
à mort même!

En marche vers la décrépitude

Chapitre 9

Décider c'est avancer.

Après avoir pesé le pour, le contre, le peut-être, le peut-être pas, le oui, le non...
J'ai pris ma décision.
Elle est irrévocable... jusqu'à ce que je change d'avis. Seuls les cons ne changent pas d'avis. Vais-je rester dans leur camp? Faut voir, s'ils ne sont pas trop nombreux... Bande à part... je l'ai déjà dit.
Je ne vais rien faire contre Gaston!
Gaston, Gaston, y a la métastase qui "son" et y a jamais "person" qui y répond... peut-être que c'est "importon".
Je garde les deux, le rein et le cancer. Fromage et dessert. Je vais voir si je peux modérer l'envahisseur en lui faisant juste les gros yeux.
Il est jeune, il est encore temps de faire son éducation, de lui montrer les limites. Lui, une fois en possession des clefs de la vie en société, je vais le surveiller. Je prendrais mes décisions au fur et à mesure, en fonction de son évolution, de celle du monde. Elles me sont l'une et l'autre imposées.
Avec mon découpeur de rognons, un homme n'aimant pas Gaston, c'est une évidence, nous convenons d'un nouveau

En marche vers la décrépitude

scanner le 26 et d'un rendez-vous le 28 septembre 2018... Le scanner de septembre m'informera de la courbe de croissance de mon nouveau compagnon. Fin septembre, l'arrivée de l'automne, un cycle qui s'achève.
La fin septembre pour moi est riche en souvenirs.
Le 28 septembre c'est la veille de la Saint-Michel.
Ce prénom ravive ma mémoire.
Michel... Mon cousin, mon frère.
Quelque part, dans l'un des univers, ses ondes se préparent à m'accueillir pour que nous poursuivions nos déconnades trop vites interrompues. Il y en a des quantités à rattraper.

Michel Pierre, avait vu le jour en 1947 comme moi. Il était de quelques jours mon aîné. C'était mon cousin germain, mon presque jumeau, le complice de beaucoup de mes conneries d'adolescence. Elles ne manquaient pas. Nous avions l'imagination fertile.
Il est mort d'un gliome, le 20 juillet 2012...
Il ne m'a pas attendu...
Toujours pressé!
Il avait commencé à travailler beaucoup plus jeune que moi. Parti faire son service militaire fin 1966, il avait fait seize mois d'armée. J'avais attendu, grace à des sursis bidons pour des études fictives, 1970 pour n'en faire que douze mois. Puis là, encore une fois, il est parti en éclaireur, contre sa volonté. Homme ayant passé sa vie à se sacrifier pour les siens, à la retraite, il avait enfin envie de prendre un peu de temps pour lui, même un putain de bon temps.

Michel acceptait toutes les propositions d'Orchidée. Il s'était soumis de bonne grâce à tous les dépistages pour ne pas se faire surprendre par un éventuel cancer. Tout était exploré, son système digestif et de méthanisation. Pour débusquer

En marche vers la décrépitude

quelques autres possibles, il acceptait même le toucher rectal. Ce doigt indiscret vérifiant la bonne santé de la prostate...
En trois mois il a changé de monde... Quitté notre univers.
Il ne vieillit plus!
Il restera figé à soixante-quatre ans. Il ne se forgera plus de souvenirs au-delà. Il existera tant qu'un survivant se souviendra de lui...
Le souvenir n'existe que s'il reste quelqu'un pour le transmettre.
Le cancer du cerveau ça ne pardonne pas.
Peu de recherches sur cette aire du corps, si ce n'est celle pour prendre le contrôle des pensées, les manipuler.
Sur le gliome, les multinationales, question recherches, ne mettant pas le paquet, n'ont pas assez de fric à se faire là-dessus. En cas d'échec, traitement trop court, pas assez de temps pour un bon retour sur investissement. Ce n'est pas comme pour l'Alzheimer, où un traitement inefficace leur remplit les poches pendant des décennies. Avec le gliome les perspectives ne sont que de quelques décades.
Impasse....
Putain, déjà six ans qu'il m'a, une dernière fois, serré la main dans la sienne, enfoncé ses yeux interrogatifs bien au fond des miens!
Yves, mon autre cousin germain, avec qui j'avais partagé un peu de notre enfance. La canicule de 1947 m'avait même vu naître dans l'hôpital près de chez lui. Ma mère, quittant Paris irrespirable dans l'appartement de ma grand-mère, au sixième étage sans ascenseur, sous les toits, crise du logement oblige... était venue chercher un peu de fraîcheur dans le pavillon et le jardin que les parents d'Yves louaient en ce temps-là, à

En marche vers la décrépitude

Pontoise rue du Dr Gachet. Lui, était né quelques mois avant moi, en mai 1947. Les photos nous montrent avec ces bonnets ridicules à oreilles de chats.

Dieu, puisque Yves était croyant, lui a fait signe au détour d'une route. Ce con de créateur avait, pour l'occasion, revêtu sa tenue de sanglier. Bon client dans l'escroquerie religieuse, Yves, de son nom de famille Moine, ça ne s'invente pas, avait même failli devenir prêtre. Il le serait devenu, si son rectum n'avait pas servi de porte d'entrée aux voies du seigneur. Ici à sec, ce devait être le "saigneur". Il cherchait dans ses voies intérieures profondes à lui injecter les graines gigotant de sa divine semence. Le fondement de sa croyance en fut ébranlé, ses voies plus pénétrables que la rumeur ne veut bien le faire croire. Il avait subi cette intrusion religieuse au petit séminaire de Versailles. Cela lui avait fait perdre son appétence pour la voie ecclésiastique. Dieu donc, avait choisi de lui faire quitter le monde des vivants avec le bug de l'an 2000. Il avait, par taquinerie divine, envoyé sur sa route un sanglier, bestiole évadée des enclos détruits par la tempête Martin, du 27 au 28 décembre 1999. (Martin un nom important pour Yves, il avait fait ses études au collège Saint-Martin de Pontoise). Au détour d'une route, de sa modeste voiture, il percuta bille en tête le goret sauvage. Dieu ne tergiversa pas, il le rappela à lui. Yves acheva sa vie sur cette route traversant les bois. Il fut transformé illico en festin pour les asticots. Une période faste pour eux, ils n'en demandaient pas tant. À la réflexion, ce devait être le Dieu des musulmans. Pour envoyer Yves à son concurrent, lui permettre de vérifier s'il était toujours aussi pénétrant, il lui a offert ce khenzir. Les Dieux sont taquins entre eux.

Jean-Claude, le mari de ma plus jeune cousine

En marche vers la décrépitude

germaine, était né aussi en septembre 1947, trois ou quatre jours avant ma propre date de naissance. Lui, il a été victime d'un accident de la route. Un camion sortant de son dépôt, un soir de pluie, quelques jours avant Noël.
Rencontre fatale.

Je me retrouve le seul survivant de la série familiale des natifs de 1947.

Déjà aujourd'hui, je suis plus âgé que mon père, plus âgé aussi que mes grands-pères ne l'étaient, au moment de leurs décès.
De leurs vivants, je les trouvais vieux...
Je suis plus âgé qu'eux...
Il y a quelque chose de presque indécent à poursuivre un chemin qu'aucun d'entre eux n'avait suivi...

En marche vers la décrépitude

Cancers et métastases  160 Il faut savoir sourire de tout

En marche vers la décrépitude

Chapitre 10

Échographie ou chipolatas.

Aujourd'hui j'attends dans la salle réservée à cet effet, celle habituelle du service de radiologie. Je vais passer une échographie de ma glande thyroïde. J'ai choisi l'hôpital public pour ne pas engraisser les multinationales trustant les laboratoires, les cliniques privées. S'enrichissant elles et leurs actionnaires, sur notre santé, en pillant nos cotisations sociales. Je connais bien le système, j'ai sévi dedans, plus de vingt-huit ans. Le privé se réserve le juteux, au public de prendre le déficitaire... ce sont nos impôts qui renflouent, comme ça le contribuable paye deux fois. C'est super le libéralisme.

Ma gorge est enduite de gel pour échographie, ça améliore la transmission des ultrasons et diminue les parasites. La spécialiste m'appuie sa sorte de grosse souris sur le cou, elle regarde son écran, prend des clichés. Test fini, elle me tend un papier peu absorbant pour me débarrasser du visqueux enduisant mon jabot. Si l'hôpital avait les fonds empochés par le privé pour ses actionnaires, nous aurions du papier doux, de l'absorbant, pour nous essuyer proprement. Le cou encore gluant, je reprends ma place dans la salle d'attente.

Après quelques pages de lecture de "Au-delà de

En marche vers la décrépitude

l'impossible" je récupère mes résultats.
Je regarde la conclusion...
J'ai encore gagné au tirage.
Je traverse une période de cul bordé de nouilles, comme disent les Italiens.
Là, le lecteur se dit, me connaissant mal, il ne va pas oser la faire?
Eh bien si!
Putain, là je le prouve, je suis capable du pire... Accrochez-vous!
Le cul bordé de nouilles, il ne me manque plus que des hémorroïdes... pour la sauce tomate... al dente, perds pas ton dentier...
Là, tu tires l'échelle, tu viens d'assister au summum de la mauvaise vanne, le nullissime, le degré zéro du bon goût. Et ça me fait marrer. Consternant! N'est-il pas?
Revenons au compte rendu.
Poil au... je te laisse trouver un mot qui sonne en "U" à un poil près.
Là ce n'est pas moi qui l'ai dit, il ne faut pas tout me mettre sur le dos.
    Je n'ai pas de la thyroïde de loquedu. Je suis équipé de nodules classés Tirads A4. Pas du facile à interpréter par du toubib spécialisé dans les nez qui coulent. Je me suis payé des nodules super-chiadés, pour lesquels un avis spécialisé est recommandé.
Excusez du peu.
Pour les autographes et les photos, il faudra voir avec mon agent.
    Le Thyroid Imaging Reporting and Data System, est un outil pour évaluer le risque de cancer d'un nodule thyroïdien.

En marche vers la décrépitude

Les catégories d'évaluation vont de "un à cinq", de normal jusqu'à risque élevé de cancer.
Moi, j'ai obtenu 4. C'est un risque intermédiaire qui se traduit par 6 à 14% de possibilité de cancer suivant l'histologie.

À ces détails ressentis tu te dis, l'ascenseur social ne fonctionne plus. Lorsque comme moi tu viens de la plèbe, le gratin te bât froid, te claque la porte au nez, tu restes sur le palier. Ils ne te laissent que des miettes. 6 à 14%, pas généreux les mecs. Tu regardes par la porte bloquée par l'entrebâilleur, des mecs de la haute se pavanant avec des scores avoisinant les 100%. Je vois bien, même s'ils font semblant de m'ignorer, du coin de l'oeil, pétille cette malice, ce côté nargueur, de ceux qui se la pète en Bugatti Chiron, quand toi, pour tes déplacements, tu te contentes de frimer dans une Daccia Dokker Stepway Advance... Les mecs blindés de cancers, pourris de métastases, te la jouent "reste à ta place avec ton ersatz sentant le truc de pauvre"

Je déconnais, les nantis se débrouillent pour ne pas se choper le cancer des loquedus, ceux ayant cru que le nuage de Tchernobyl, n'ayant pas de visa, s'était trouvé bloqué à nos frontières.

Encore un peu de champignons avec votre minerai de viande? Juste cueillis dans les bois ce matin à la fraîche. Regardez comme ils sont taquins ces délaissés de la chlorophylle, ils ne font rien qu'à exciter le compteur Geiger.

La conclusion se termine par multi-hétéro-nodulaire, avec un point d'interrogation.
Sur quoi l'interrogation?
Multi nodulaire c'est une constatation.
Le doute subsiste-t-il sur hétéro?
C'est un aspect de ma sexualité, pour moi une évidence... Peut-

En marche vers la décrépitude

on présager des affinités de demain...
Je ne suis pas au bout de mes surprises.
  De retour dans le cabinet de ma médecin traitant, sur ma thyroïde, elle n'a pas plus d'avis. Comme la dernière fois pour mon rognon. Je me demande pourquoi elle ne prend pas position. Peut-être a-t-elle une aversion pour les abats.
  Joëlle me prend un rendez-vous avec un endocrinologue. Pas de place avant le 17 octobre.
  À mon âge, lors de la prise de ces rendez-vous à ces horizons lointains, je précise toujours au secrétariat qui me le fixe:
"Si je suis encore vivant à cette date".
L'avantage de ce système de pénurie médicale organisée, l'État limite les demandes d'actes d'exploration. Beaucoup de malades sont morts avant d'atteindre le jour du rendez-vous. Un petit coup de canicule pour éliminer les vieux qui ont échappé aux inondations programmées, celles causées par le remembrement, le tout bitumé, la spéculation immobilière et la culture intensive... Il faut se soumettre aux 3% de déficit budgétaire, décidés sur un coin de table par trois connards alcoolisés choisissant ce chiffre au hasard. Pour tenir l'objectif, les exploiteurs ont opté d'économiser sur les retraites et l'assurance-maladie. Noyer les vieux, faire balayer par les eaux leur habitat, ça te fait du PIB. Dessécher les survivants à la canicule c'est bon pour l'équilibre des retraites. Moins de vieux, ce sont des économies pour la sécu, les caisses de retraite, du cash pour le fisc lors des successions. Les gus qui ont trimé toute leur vie pour s'acheter le "Sam'Suffit" en banlieue, faut leur repiquer pour pouvoir refiler le pognon aux crapules qui les ont exploités. Le bilan final, le travail du gus n'a pas coûté cher à son négrier.. tous avantages, défiscalisation, primes

En marche vers la décrépitude

déguisées, aides régionales, nationales, TVA, impôts, pièges à cons déduits!
Reconstruire le détruit par les catastrophes dites naturelles pour la fournée suivante de graines de bois de lit, participe à l'augmentation du PIB. Même les enterrements des victimes entrent dans le calcul du PIB. C'est tout bénéfice.
      Pour célébrer son cynisme, le pouvoir n'est pas avare, il organise moult fêtes ostentatoires avec ses copains de propagande, le tout payé par le contribuable. Ce con de la classe moyenne, cette vache à lait, n'a pas de gus à sa disposition pour de l'optimisation fiscale. Il ne bénéficie pas non plus pour commercialiser le produit de son travail, des heures de promotion gratuites sur nos médias publics... Pas de promotion de ses intérêts privés sur les Champs Élysées. Il n'est pas Johnny, ni membre des bleus, et autres tennismen, chanteurs, acteurs, écrivains, pilotes de formule un. Tous exilés fiscaux. Des "Stars" ne se sentant Français seulement le temps de passer récupérer du pognon dans nos poches. Obligés, les roucouleurs ne sont pas connus ailleurs. Avec un statut de colonie, le pays ne promeut pas ses indigènes, nos médias d'État passent leur temps à faire l'apologie des Ricanneries, de l'anglosaxon.
Le peuple français, juste composé de cochons de payants.
T'as même dans notre beau pays, "l'exception culturelle" pour t'obliger à assurer le train de vie de la petite minorité culturelle qui se coopte, puis se transmet la charge par héritage. Ne cherches pas, il n'y a que chez nous, c'est une spécialité locale.
Peut-être, pour se faire excuser de leur comportement, trop amical vis-à-vis de nos invités brassardés du svastika inversé, inclinée de 45°, lors de la dernière guerre, nos classes possédantes, leur ont ouvert leur table pour qu'ils se gobergent

En marche vers la décrépitude

dans le roucoulement et les images qui bougent. Pour cette caste de nouveaux privilégiés, pour ne pas dire d'élus divinement, celle passant sa vie à se dire discriminée, c'est une sorte de remboursement pour les péchés passés. C'est évident, lorsque tu représentes moins d'un pour cent dans la population générale, pour quatre vingt pour cent chez les privilégiés, tu fais partie d'un groupe de discriminé. Attention, n'inversons pas le propos, l'appartenance à la communauté ne t'ouvre pas naturellement les portes des privilégiés. Chez eux aussi il y a des baisés, qui restent la majorité. Ce groupe religieux s'approprie le terme désignant ceux appartenant à des communautés utilisant la même famille de langues. Il fait sien le vocable, se l'approprie, en exclut les autres membres répondants à la définition, lui fait englober uniquement sa religion... Même les athées de chez eux s'en revendiquent. Le tout devient une race. C'est nouveau d'un point de vue scientifique, une race définie par une religion. Les races humaines n'existant pas par ailleurs, démonstration faite par les mouvements antiracistes...

J'ai souvent des vertiges, des maux de crâne. Après l'expérience vécue par mon cousin Michel, je me demande si je ne devrais pas me faire prescrire un scanner de la tête. Puis y réfléchissant, le rendez-vous serait dans plus de trois mois... Si je suis encore vivant au moment de passer le scanner, c'est que de gliome... je n'en avais pas...
Parce qu'encore vivant au bout des trois mois. CQFD.
Un diagnostic sûr et gratuit.
Putain, jusqu'où s'arrêteront-ils pour favoriser l'auto-diagnostic...
On est, on est , on est champions!
Bande de cons!

En marche vers la décrépitude

Chapitre 11

Mes résolutions.

Je viens de prendre une décision. Je me propose de traiter, ce putain de cancer du rein, à ma façon. Je vais te le soigner aux petits oignons le coco. Pour lui, je vais même innover. J'ouvre une nouvelle ère dans le milieu de l'oncologie rénale. Je ne vais pas faire dans l'imitation, le déjà-vu, le classique. Dans ma thérapie pour chasser Gaston, je vais ouvrir des voies, pousser des portes.
Je t'entends réagir, et me dire:
Fais attention à ce que ces portes ne se referment pas trop brutalement.
C'est un risque.
Si je fais fausse route, le syndicat des cellules anarchiques ne me fera pas de cadeaux.
Je ne joue que ma vie, enfin le peu de temps qui me reste. C'est à moi seul d'en décider. Admets qu'à 71 balais, je ne mets pas trop au pot. La mise est modeste, je suis limite un petit joueur.
Ces portes poussées avec la force du rock'n roll, je vais juste faire gaffe à ne pas les prendre dans la gueule.
Dans ma tête Little Richard hurle, "Tutti Frutti"! Malcom Young, d'AC/DC, devenu habitant du grand ailleurs,

En marche vers la décrépitude

me lance des boomerangs assis sur un kangourou roux qui joue du didgeridoo... Ce mec est fou, cela finira mal.
Pour être franc, comme disait Clovis, mon organisme m'a aidé à prendre ma décision. Il faut savoir lire entre les lignes. Les pêcheurs ne me contrediront pas.

    Lors de prises de sang, pour ma numération globulaire, j'ai constaté un fait, depuis quelques années, progressivement, ma formule sanguine s'est inversée. Pour ceux qui ne sont pas des grands familiers de ces données hématologiques, ceux préférant le babyfoot, le billard, le flipper, à leurs cours de biologie... à l'âge adulte, (je veux dire le théorique, pas le mental), les polynucléaires neutrophiles, additionnés des quelques éosinophiles, des rares basophiles, doivent emporter la mise sur les lymphocytes, monocytes, et un ou deux plasmocytes possibles égarés. Ceci pour un sujet en bonne santé. Dans mon cas, mes lymphocytes sont plus nombreux que mes polynucléaires, bien que la numération de mes globules blancs soit quantitativement normale. Pour ceux qui ont fait football en seconde langue, un des rôles des lymphocytes, surtout ceux dénommés "T", est de tuer les cellules cancéreuses, les virus et autres saloperies. Je suis donc mieux pourvu pour lutter contre mon crabe, que ceux possédant une formule leucocytaire dite normale. Je dois juste réprimer ma production de FOXP3 (scurfin), **calmer les ardeurs du gène qui s'excite sur mon chromosome X, pour éviter à mes petits guerriers, trop enthousiastes, de partir à l'assaut de mes propres cellules. Il faut leur expliquer, faire de la pédagogie** (pour être tendance) (pédagogie= expliquer au gus: tu vas te faire baiser, je t'explique pourquoi c'est nécessaire, sachant ça, tu te sentiras obligé d'en être pleinement satisfait)**, en aucun cas ils ne doivent trucider les cellules normales. Elles sont super utiles. Aussi utiles que**

En marche vers la décrépitude

d'avoir des pauvres en grand nombre pour que les riches restent riches. Sans pauvre, le riche disparaît. Comme le gui sur le chêne, le riche est un parasite du pauvre. Un parasite, pas un saprophyte, bien qu'il profite largement de lui... ne confondons pas. (Les riches disparus, plus personne en tête de cordée, là nous serions dans la merde. Qui achèterait, les Bugatti, les toiles de Bansky, les boîtes de merde de Piero Manzoni...)

Je dois leur limiter la possibilité de dégâts collatéraux. Les dissuader de me tirer une balle dans le pied, de me faire développer un lupus ou un diabète du type 1.

Pour stimuler mes lymphocytes, leur donner le tempo, j'écoute deux heures par jour du blues, du boogie-woogie et du rock'n roll. Question énergie, pour les booster, les recharger, la nuit, je dors en compagnie de plaques d'énergie scalaire de Tesla...

Le pouvoir de ces plaques, commercialisées par des charlatans Suisses, je n'y crois pas une seule seconde.

En septembre le scanner constatera s'il y a le moindre effet bénéfique, il tranchera objectivement. Je pourrais l'affirmer, l'effet d'auto-persuasion n'est pas en cause. Je pense que le bout de métal ne produit pas plus d'effets que si je pissais dans un violon.
Moins même...
Si je pissais dans un violon, son propriétaire aurait une réaction à mon encontre. Cette action a potentiellement un effet probable, me poing-sur-la-gueuler le tarbouif. Sauf si le propriétaire du crin-crin ne connaît pas l'auteur du sacrilège.

Il ne me reste plus qu'à attendre le verdict.
Remarque, en cas de résultat positif, qui sera tenu pour vainqueur?
-Ma volonté de stimuler mes lymphocytes?

En marche vers la décrépitude

La nuit ma température monte, souvent je me réveille en nage. Je dis que je fais ma pyrolyse pour niquer la gueule aux cellules cancéreuses.
Mon épouse se fout de moi, me croit bargeot...
Pourquoi pas, elle a du bon sens.
Moi je pense que je détruis toutes les cellules pirates, celles se baladant en exigeant un emplacement sur chaque organe pour s'épanouirent en colonies mortifères.
-Le rythme du rock'n roll ?
-L'effet invisible des plaques dites de Tesla?
-La conjonction de tout ça?
En cas d'échec, que devra-t-on accuser?
L'inefficacité de chaque élément?
Mon manque d'envie de vivre dans ce monde devenu repoussant?
Cette civilisation du grégaire, composée de décérébrés, acceptant la domination sans partage des quelques privilégiés dirigeant le monde.
Après ça tu t'étonnes de mon manque d'enthousiasme.
On est, on est, on est champions!
Ferme ta gueule!

En marche vers la décrépitude

Chapitre 12

Le résultat du scanner 2.

J'arrive confiant à l'hôpital de Barbezieux. Levé dès potron-jacquet pour mon rendez-vous de neuf heures. J'ai dû abréger mon temps de trempage lors du rituel de mes ablutions matinales. Mon mikvé, diraient mes lecteurs plus proches hiérarchiquement parlant de l'éternel, mon misogi, corrigeraient les originaux fans du shinto, ceux ne se laissant pas brider, questions croyances. Enregistrement du scanner précédent, feuille de route précisant que la sécurité sociale, ma mutuelle, tous mettront la main à la poche pour mes trois voyages, aller et retours sur le chariot du scanner. J'arrive en salle d'attente. Deux ou trois pékins pour des radios et l'échographie m'ont précédé. Pour le scanner j'inaugure la journée, je suis "prem". Le manipulateur ne me laisse pas lire plus de trois pages de mon livre de salle d'attente. J'en étais au laser miracle du dentiste Niçois Gaston Ciais, la lumière ordonnée remettant les cellules en bon ordre, bouchant les trous à l'identique dans la barbaque découpée ou percée. Pourquoi ne pas essayer sur mon rognon? Les cellules folles le chevauchant retrouveraient peut-être leur esprit initial?
Personne pour me le proposer.

En marche vers la décrépitude

Je dois rester dans le classique ou laisser filer.
    Je ne m'attarde pas sur mon passage sous les rayons, si ce n'est que cette fois l'iode a failli me faire gerber. Au préalable, le bla-bla habituel, le préparateur m'a expliqué tout comme si pour moi c'était la toute première fois. Il me prenait peut-être pour Jeanne Mas. Comme si je n'avais aucune notion de mon passage aux rayons. Limite si je n'ai pas l'impression qu'il me prend pour un demeuré. Je lui dis que c'est mon sept ou huitième passage sur la machine, j'ajoute pour faire le mec connaissant l'histoire, j'ai bossé chez Siemens... Le gus a un texte à réciter, pas un mot ne me sera épargné. Le garçon est aimable, sympa, prévenant... il fait son job. Tout le protocole doit être respecté, avec la mode américaine de faire des procès à tout ce qui bouge, nous arrivons dans le monde ceintures et bretelles. Tout blinder, pour ne pas être responsable, en cas de passage devant les tribunaux. Sur les fenêtres des immeubles, celles pouvant encore s'ouvrir, sera bientôt écrit: "Ne pas passer plus de 30% de sa masse corporelle par cette issue, risque de chutes mortelles si tu es assez con pour trop te pencher. Ils finiront, principe de précaution, par te congeler à la naissance, que dis-je, à la fécondation, pour t'éviter tous les problèmes à venir... Nous aurons tous l'air malins en paillettes dans l'azote liquide.
Retour en salle d'attente.
Reprise de ma lecture.
    La secrétaire appelle mon nom, me tend les résultats. Joëlle pause la revue qu'elle avait prise machinalement pour passer le temps, me rejoint. En chœur, le sourire synchronisé, nous disons au revoir à l'absence de foule pas vraiment en délire. Je n'ajoute pas, bonne bourre, vu la moyenne d'âge, ils prendraient ça pour de la provocation. Les délaissés du coït

En marche vers la décrépitude

festif m'intenteraient un procès pour discrimination, racisme anti-pas-baiseurs. Comme disait Georges, la bandaison papa, ça ne se commande pas.

Dans le couloir marchant vers la sortie, je jette un oeil au compte rendu... Gaston aurait pris cinq millimètres, il reste tout petit, 27 mm. Je n'ai pas a m'affoler. Prendre en considération l'erreur de mesure possible, multipliée par le facteur multiplicateur. Mon image de rein n'est pas à l'échelle 1 sur les clichés. De plus l'interprétation est influencée par le compte rendu précédent. Ici le principe de précaution de la théorie de ceinture et bretelles, c'est de voir Gaston s'épanouir. Demain à 10 H 30 je verrai le chirurgien.

Le 28, je suis à l'heure à mon rendez-vous, j'ai le compte rendu du scanner dans une main, ma feuille de route justifiant mon acquittement des honoraires par mes caisses de sécurité sociale et de mutuelle, de l'autre. Le néphrologue vient nous chercher, Joëlle tient son rôle d'interprète pour pallier ma surdité. C'est vrai, j'entends moins de chose que le commun des mortels, ceux dont les portugaises ne sont pas encore ensablées. Partant, ainsi j'esgourde moins de conneries. Pour compenser, j'augmente le débit des miennes... Charles Trénet, dans ma tête, chante du Francis Blanche:

Dans ma rue, y a deux boutiques
Dans l'une on vend de l'eau dans l'autre on vend du lait
La première n'est pas sympathique
Mais la seconde en revanche où l'on vend du lait l'est
Et c'est pour ça que tous les passants
La montrent du doigt en disant

Ah qu'il est beau le débit de lait
Ah qu'il est laid le débit de l'eau
Débit de lait si beau débit de l'eau si laid

En marche vers la décrépitude

S'il est un débit beau c'est bien le beau débit de lait
Au débit d'eau y a le beau Boby

Le chirurgien lit le compte rendu, visualise les images du DVD, indique que l'évolution de Gaston confirme sa détection de récidive confirmée le semestre précédent. Il m'encourage à prendre une décision pour me séparer chirurgicalement de ce crabe se reformant.

Pour le moment, je décide de cohabiter avec lui. Je vais faire encore un bout de chemin avec Gaston. S'il se montre raisonnable, nous pourrions même finir notre vie ensemble. Nous discutons de la taille minimum pour le risque de dissémination des métastases. Je pense que la probabilité est forte à partir de 7 cm pour la taille de Gaston. Le spécialiste affirme qu'à 5 cm le risque est déjà fort. La dissémination métastasique est une probabilité statistique. Elle augmente avec la taille de Gaston. Même de petite taille, le risque existe déjà.

J'ai 71 ans, presque toutes mes dents, à une molaire dite de sagesse et trois chicots couronnés près. La balance se fait entre:
-partir avant de devenir liquide dans un mouroir,
-risque de dégager trop rapidement de métastases.

Le moyen terme me convient. Je n'ai pas d'ambition de devenir centenaire. La perspective de finir liquide est trop flippante pour que je prenne ce risque. Je préfère, pendant la courte période où des proches se souviendront de moi, les voir penser:
ce gus est complètement con!
et non:
le pauvre, il a fini comme un légume pourrissant sur sa couche.
La dignité a encore un sens pour moi. En cas d'urgence, les machines sont équipées d'un bouton rouge pour un arrêt

En marche vers la décrépitude

d'urgence. Je veux bénéficier de ce bouton rouge. Être le seul à pouvoir appuyer dessus! Encore quatre à six ans avant de tirer ma révérence, je ne demande pas plus.

Nous convenons de faire un nouveau contrôle le 22 mars 2019. J'avais proposé d'attendre un an, après discussion j'ai accepté sa proposition à six mois, mon côté raisonnable...

Le risque de passer souvent sous les bombardements du scanner, me choper un cancer par trop de rayons X. Ce serait à mourir de rire... j'imagine la gueule de Gaston! Sa crise de jalousie.

De retour at home, je réfléchis à ma situation.
Il me reste, fixé au 13 octobre, le rendez-vous avec l'endocrinologue pour ma thyroïde. Connaître de quel côté du pourcentage se situe mes putains de nodules. Des 14% gagnant un cancer ou des 86 qui doivent retenter leur chance?
Ma position: actuellement, en routine, je prends trois médications. C'est mon maximum acceptable. Je ne veux pas me transformer en mortier, en éprouvette, en cornue, pour des expériences de chimie in vivo. Personne n'a étudié les interactions des cocktails de molécules ingurgitées par les gens, quotidiennement, avec la bénédiction d'Esculape.
D'autre part, je n'accepte pour le moment aucune intervention chirurgicale. Les anesthésies ne sont pas sans effet sur le cerveau. Comme déjà dit, devenir volontairement plus con n'entre pas dans mes perspectives immédiates.

Ne voulant aucun nouveau médicament, aucune intervention des gus qui me découpent au scalpel, je ne vois plus l'intérêt de consulter.

J'annule mon rendez-vous endocrino.
Cancer ou pas de la thyroïde, en fait je m'en fous, ça ne m'intéresse pas de savoir. J'ai déjà Gaston, en avoir un autre

En marche vers la décrépitude

serait de la gourmandise... À dire vrai, je ne suis plus à un près. Je ne crois pas que ça changera grand-chose... sauf si j'envisageais de battre des records de longévité, ce qui n'est pas mon cas. Imaginer vivre encore trente ans dans ce monde de con, très peu pour moi, non merci, je passe mon tour.
Partez devant, ne m'attendez pas, j'ai des trucs à faire ici haut. L'avenir de ce monde me fait plus peur que mon, ou mes, cancers.
  Allez viens Gaston, viens, nous allons bâfrer du bon, picoler les meilleurs, déconner, nous fendre la gueule, tout ça j'usqu'à notre dernier souffle... Ne sois pas triste Gaston, je ne t'en veux pas, ce n'est pas de ta faute, allez Gaston, viens, viens!
  Jim Morrison au loin hurle "The End"...
  Mick Jagger répond

Sometimes you start feelin'
So lost and lonely
Then you'll find
It's all been in your mind

Sometimes you think
Someone is the one and only
Can't you see
It could be you and me?
But if there's any doubt
Then I think I'll leave it out

'Cause I'll tell you one thing
You can't get what you want
Till you know what you want
Said, you can't get what you want
Till you know what you want?

En marche vers la décrépitude

Bouquins du même gus :

Alain René Poirier

Disponibles Amazon, Fnac.....
Tapez Alain René Poirier sur Google

Editions Books on Demand

"De Vegas à Bakersfield"
"2047 Les Prophéties"
« Souvenirs mélangés d'un parisien malgré lui »
"Baltimore Hécatombes"
"Le Bœuf, le crabe et les vers de terre"
"New York Bagatelles"
"Vivre en 2084... OH Putain"
"All my Worst Seller Tome 1"
"Dieu créa le monde en écoutant les Rolling Stones"
"Quand Passent Les Pibales"
" Anarchie Sexe Meurtres et Rock'n Roll"

Editions Edilivre

"Un plus un ne font pas deux"

Cancers et métastases   177 Il faut savoir sourire de tout

En marche vers la décrépitude

Cancers et métastases   178 Il faut savoir sourire de tout

En marche vers la décrépitude

Mes dernières volontés,
Le moment venu. Que faire de ma viande froide?
En réalité je m'en fous! Faites à l'économie, je ne suis pas du genre prétentieux.
Fosse commune, incinération, roulé dans un drap sous terre, camion d'équarrissage...
Je laisse le choix.
Si l'incinération n'est pas retenue,
avant que ma rigidité ne soit trop prononcée, pensez à me fermer les mains, seuls les majeurs resteront tendus... Un signe de bienvenue pour les archéologues des générations futures....
Surtout pas de dépenses dans des conneries pour flatter l'ego.
Un ego de macchabée... ne soyez pas cons.
Qui pourra venir?
Uniquement ceux que j'aime.
Le mieux serait de ne pas se pointer, je vous appréciais vivant, mort ce n'est plus pour moi....
Pire, cette visite de courtoisie, je ne pourrais vous la rendre.
Pour ceux, s'il y en a, qui viendront, tenant à vérifier que je débarrasse bien le plancher. Surtout faites gaffe à vous, ne prenez pas froid, ni chaud, ne restez pas sous la pluie, évitez la neige. Je n'ai aucune idée de la météo qu'il fera le jour de mon débarras.
Question musique pour éviter de vous faire chier
Les Stones: Going Home,
Hendrix: Woodo Chile,
The Doors The end,
Zappa Catholic girl.
Puis tous à la picole!
La tenue, c'est facultatif, si hommes et femmes pouvaient tous venir en jupe, bas résilles et escarpins, sinon tous à poil, pour déconner une dernière fois.
Picolez, j'ai laissé une cagnotte pour vos rincer la dalle.
Faire le con, dire des conneries, les pires, me fera plaisir.
Lâchez-vous
Une dernière chose.
Je n'ai pas d'excuses
Pour toutes les conneries faites, dites, au cours de ma vie, je ne m'excuse pas non plus.
Allez bonne bourre!
À la vôtre. Putain ça fait du bien!
Allez remettez-nous ça!

Cancers et métastases   180 Il faut savoir sourire de tout